JN058195

仏陀は猫の瞳にバラを植える

江文瑜

池上貞子
佐藤普美子 訳

思潮社

仏陀は猫の瞳にバラを植える

江文瑜

池上貞子・佐藤普美子訳

日本語版自序

　この詩集を日本で翻訳出版することは、私の生命に大切な一頁を書き留めることです。小学生の時、父は九州大学の博士課程に学んでいて、日本から父の手紙が届くたび、私と弟は封筒の切手に小躍りし、手をたたいて喜んだものです。その情景は今でもありありと目に浮かんできます。父の影響で、日本は私にとって台湾に次ぐ第二の故郷となりました。日本での出版は私には特別な意味があることを、詩集と日本の関わり、そしてある体験を述べて日本の読者と分かちあいたいと思います。

　小さい頃から日本と縁があったからか、とうとう日本と本当に出会う日が訪れました。たしか二〇〇七年の初夏、たまたまネットで、日本の猫と仏典の関わりを知り、その時はあまりに現実離れしていると思いました。ただ真偽はともかく、魔術的リアリズムとファンタジーが好きな私の脳裡にたくさんのイメージがあふれ、道を歩いていても、仏典を読み尽くし困り果てている猫の顔が浮かぶようになりました。すぐさま脳裡の像は詩句に変わり、「仏陀は猫の瞳にバラを植える」という詩が生まれ、さらに「伝説では日本の奈良時代、仏教が伝来した時、猫も一緒についてきて、仏典の監理保存を手伝い、鼠が中国伝来の貴重な仏典を噛んでダメにするのを防いだといわれる」という注釈をつけたのです。

二〇〇七年の涼しくなりかけた九月、私は翁情玉（ジュディ・オング）と制作中の詩画集について、東京タワーが見える六本木で打ち合わせをしました。その時彼女がプレゼントしてくれた新しい画集には他の画集にはない絵が数枚加わっていました。不思議なことに、画集を開くなり目に飛び込んできたのは平等院鳳凰堂の阿弥陀仏の像で、その面差しは慈しみの光にあふれ、微かに閉じられた両の目から美しい力が放たれていました。私はにわかに心臓が脈打つのを覚え、遥か昔にこの美しい男とすでに出会っていたかのように感じたのです。きっと生命の長い流れのその時々に、間近にあのような面差しを見ていたから、こんなにも親しく感じて身震いしたのでしょう。その絵「鳳凰迎祥」の傍らにある、日本語の説明が私の目に飛び込んできました。翁情玉によれば、黄昏時の鳳凰堂に灯りがともると、阿弥陀仏の姿が浮かび上がり、ことのほか厳かなその姿が心に焼き付き、何としてもその幸福感を捉えたくて版画にしたということでした。それを聞いて、あの詩句「仏陀は猫の瞳にバラを植える」が絵とぴったり調和して対話し、阿弥陀仏と仏陀は一つに融けあったのでした。

それから六年後、二〇一三年の雪の舞う二月、私の身体と荷物は京都三条通と烏丸通が交差するところからほど近いアパートに落ち着き、京都大学の訪問学者として半年間、第二の故郷、京都での夢のような生活が始まったのです。私は毎日京都のまちをそぞろ歩き、好奇心いっぱいに神秘的な家屋や寺院をたずね歩き、時には三時間も過ぎてから、ようやく無数の街路を通り抜けてきたことに気づいたり、時にはある仏像の前に立ち、低く吟じ沈思しては時間の流れを忘れたものでした。ある日、私は「西本願寺」に入るなり中の巨大な仏像の神々しさに心を奪われ、座って鑑賞しようとした途端、突然人の群れが押し寄せて経文を唱え始め、儀式らしきものが始まったことがありました。なんとその日は三・一一の受難者に祈りをささげる日だったのです。寺院を訪れると、いつも予期しない特別展示に遭遇し、その場所だけの宗教と美の驚きの結合を目の当たりにしました。その年の六月、とある炎暑の日、私は宇治行きの汽車に乗り、平等院鳳凰堂を訪れようと思いました。そこは台湾に戻るまで修理中だとわかっていましたが、阿弥陀仏が座っている寺院の外観だけは見えると期待していたのです。鳳凰堂内資料館のドキュメンタリーフィルムにたくさんの飛天菩薩が現れ、彫刻に舞うのを見ながら、私はその日ついに遠くから修繕道具に囲まれた鳳凰堂を見たのでした。そして私の京都の旅路には、まだ訪れていない寺院への心残りはもうなくなったことに気づきました。

二〇一四年の冷えこむ十二月、私はシャンバ・リンポチェ師、修行中あるいは修行を終えたチベットのラマ僧たちや、魂の探索を愛する友で組織されたグループに参加し、あらためて仏陀の生涯をかけた行脚とその足跡を残した重要な地をたずね歩き、彼が生まれ、道を悟り、道を伝え、亡くなったところをくまなくたどりました。私たちの車はいつも濃霧の中を進み、わずか一メートル先しか見えなくても、運転手は少しずつ車を前へ進め、暗夜の中をがたがた揺れながらインドの北部の道を通り抜けていきました。車は揺れながらインドとネパールをつなぐ山岳地帯を越えていくと、真っ青な湖と雪に覆われた山並はくっきりと引き立てあい、遠方の雪山はまるで目の前にそびえるようでした。旅の途中で、リンポチェ師はこう告げられました。私たちの足元にあるのが、まさに当時仏陀が金剛経を講釈した場所で、その傍らの巨大な菩提樹は、阿難がかつてその下で教義を説いた木だということでした。

この仏陀と出会う旅を全うして、私はまるで薄暗い部屋の片隅で長いあいだ居眠りをしていた猫のように、ついに両の目を開け、思いきってニャオと鳴いた後、空中に飛び跳ね、何度も旋回し、ゆっくり地に落ちて、詩句を吐き出したのです。私は大型の組詩を創作し、猫の一生の中の異なる四段階を借りて人生の生活体験、生命の課題、心と宗教の対話など重要な文学的テーマを演繹し、その暗喩としたかったのです。「わんぱく猫のサークル」「猫の青春パーティ」「中年猫の練習問題」「時計の針に逆らう猫科の物語」という四つの組詩は統合されて一つの生命の物語となり、猫の目を通して眺めた世界は万華鏡のように屈折し、その変化は極まりなく色鮮やかなものになると期待しています。その中には一匹の猫の低いうなりや高らかな歌があり、浮世絵式の猫の群れや衆生の合唱もあるのです。
仏陀にバラを植えられた猫はきっと愛を生みだすことでしょう。日本の読者は仏陀、猫、バラの組み合わせを心から愛すると信じています。なぜなら、それらは日本の読者が好きな神、動物、植物だからです。詩の内容については、読者自身が味わい想像する余地を残しておきましょう。この詩集が時空を超え、国を超え、互いの心に共鳴しあうものがあることを願っています。

本詩集の翻訳出版をすすめてくださった三木直大教授にまず感謝いたします。先生は台湾の詩と小説を日本の読者に、論考と翻訳によって広め、驚嘆すべき喜ばしい成果をあげてこられました。また池上貞子教授と佐藤普美子教授にも心から感謝いたします。三木教授はかつて私にこのお二人は私の詩集を翻訳できる最良の人選であると言われました。幸運にも、詩歌研究者で翻訳者であるお二人が共同してこの詩集の訳にあたってくださいました。読者が行間から訳者のひらめきや苦心を感じ取れることを期待しています。池上貞子教授には詳しい解説を書いていただいたこと、劉怡臻氏に日本と台湾の資料に関する助けをいただいたこと、そして思潮社編集部の遠藤みどり氏とスタッフ諸氏の細心な編集にも感謝いたします。これまでの著書と同様に、愛する家族とそのサポート、愛と励ましに感謝します。そのおかげで私は教職に就きながら文学作品を書くことができました。もちろん、私の生命の中の協力者である多くの友人や尊敬する先生方に感謝したいのですが、ここに全てのお名前を記すすべはありません。私の心は感激と感謝でいっぱいですが、生命が永遠に他の人から多くのものをいただくものである限り、なかなか言葉では感謝を伝えようがないのです。

最後に、謹んでこの詩集をわが最愛の父江永哲と母伍惠美、そして生命を深く愛するすべての人に捧げます。

江文瑜

目次

Ⅲ　中年猫の練習問題

Ⅳ　時計の針に逆らう猫科の物語

装幀＝思潮社装幀室

仏陀は猫の瞳にバラを植える

序詩　仏陀は猫の瞳にバラを植える

仏陀は猫の左の瞳にバラを植える
猫は愛しい人が見えた時
瞳孔は喜びでひろがり
つれてバラも
世界をひろげる
いちばん遠く遥かに見える
愛しい人のいるもとへ

仏陀は猫の右の瞳にバラを植える
暗闇の恐怖の中で
猫は瞳孔の扉を固く閉ざし

バラの痛みを丸い背中にしまいこむ
棘は根と枝をさし貫き
真っ赤な花弁のいたるところに深い傷あと
猫は痛む右目をたえずこする

仏陀は猫の左の瞳にバラを植える
溢れる涙をいつも注ぐ、喜びと悲しみの涙
昨日はたくさんの小花の誘惑をひたすら切りそろえ
今日はもっと大きな花の繁茂を楽しむ
明日花がしぼんだ時、枯れ枝を半分にして
切り口を撫でて平らにすれば
猫の瞳にまた新しい花が咲く

仏陀は猫の右の瞳にバラを植える
猫が夜にまぶたを閉じる時
バラは自由に羽ばたく夢の中と思いこむ

かすかにふるえる眼球がぴくりと引っぱる
夢をつなぐ五色のテープ
夢で互いに見つめあう時
互いの瞳の奥に一対の
春夏秋冬を経たバラが現れる

仏陀は猫の左右の瞳にバラを植える

原注
*伝説では日本の奈良時代、仏教が伝来した時、猫も一緒についてきて、仏典の監理保存を手伝い、鼠が中国伝来の貴重な仏典を噛んでダメにするのを防いだといわれる。

Ⅰ　わんぱく猫のサークル

修行子猫F－Bもフェイスブックのポストが好き

1．空中の仏陀が👍を押した？

毎日寝る前は経書にあいさつ
爪で表紙に
違う記号を刻印する
例えば今日は、梵語のॐ[*i]
たっぷりある経書の
最初の頁から
学んだ字体は斬新

右の爪で時計回りに↻の形をまねて

左の爪で時計と逆回りに↺を繰り返せば
動かす間に肩は開かれて
吐いたり吸ったり　えんえんと続く

文字の意味は
ぜんぶはわからない
近寄り、ある動作で表わすと
文字の本質は
しだいに心の海ও…ও…ও……へ岸へと近づく

爪で顔をなで
頭をあげたとたん、空中の仏陀は
私のほっぺにある文字を押した
ॐは👍のことなのか?

原注

＊i　梵語ॐは om と読み、宇宙の最初の音である。

2. あくびすなわち菩提?

目がしぶい
一日中仏典を見ていたら
途中でいつも居眠り Z...z
そしてあくび H....a
さらにねずみ ᘓ は目の前で
前へ ∾ 後ろへ ϱ 飛びはねる

どうやら悟りの数が増えた
あくびすなわち菩提
呼吸のスタイル
少し息を吐きだし
そのとたん感じた

経書も居眠りするはずだと

あくび Yawn のいうことを聞こう
猫の性は全てが思いのまま
昼間の理性はかなぐり捨て
試しに喉 throat の奥深くから
鳴き声をいつまでも引っぱる

自分だけの休憩スタイル
涙をあふれさせ
両眼をうるおす
赤子の泣き声は勇敢で恐れしらず

3. 経書も舌が肥えた？

夜は猫専用の夜食を

むさぼり食べたせいで
お腹はいっぱい胸がつかえて
深夜早くも目が覚める

周囲は真っ暗闇
経書もまだ熟睡しているのか
灯りをつけ
一頁開くと
それらの文字はどうやら
昼間と違う形に育っていた

まだじゅうぶん開けきらない目に
どの文字も楕円に縮んでしまった
目の前は全て魚の——化身
夜食の味はどうやらまだ口元に残っている
それは大豆を加工した

魚型の食品

経書も舌が肥えたのか
煩悩が生じ
ついに長く忘れていた肉の味を思いだす

一生懸命眠い目を開けば
果たして、もっとたくさんの魚が目の前に現れた
करुणा*i

原注

*i करुणाは梵語で、意味は共感、慈悲心。

4. 経文も変形する？

一週間続いた雨で
仏典も湿気を帯びて
経文は膨張したようだ

久しく陽の光を見ないから
憂鬱はひそかに
心に住みつくと思ったが
見れば拡大された文字が書かれてある

部屋いっぱいに照らしだされて

爪が水気を帯びた
経文に触れると

液体のぬくもりが心の方へと流れる
今夜も聴きたい雨だれの音…………
………………
阿弥陀仏の御名を唱え……………
深く眠りにつこう………………

もし明日太陽が出たら
師匠は経書を日干しさせるだろう
私は——それらの文字が
原寸大に戻るのが忍びない

5. 日光浴して、頁（イエ）[*1]／業をめくり忘れた？

太陽がふたたび訪れ
山門を開く
恭しく光の恵みを受けとる

ありがたくいただこう
天空から降臨した輝きは
草地に満ちあふれる
日光浴式の灌頂[*2]

命じられたお勤めを思いだす
「太陽が離れる前に
かわりばんこに経文の頁を開き
暖かい光に残った湿気を吸収させないと」

猫は背中を弓なりにする
これはひとつの試練
もし秤があったら
知らせよう　頁ごとにどれくらい陽光の恵みを
受けとれば
文字の活気を取りもどせるか

正確さに注意を払うべきは
どの瞬間に頁(イ)／業(エ)をめくるか

幸福なイメージが脳裡に浮かぶ――
こんなふうに時間を許れるか――
左右に転げまわっては向きを変え
ヘソに干しわらがくっついたら
背中に陽光がしみ込む土がくっついたら
猫のＦＢから笑顔のマーク ^_^ が飛びでてきたら
頁(イ)／業(エ)をめくれる

猫隊長に熟睡から起こされた
すでに時は黄昏
経典は一頁もめくっていない
なんと日光浴して熟睡していたのだ

訳注

＊1　ye 頁（ページ）／業（ごう）。A／B（ルビ）という表記の場合、AとBは同音異義語のかけことば。以下の注も同じ。

＊2　仏語。かんじょう。菩薩が最高の位に入る時、仏が頭頂に知恵の水を灌ぐこと。

6. 伸びをしても影ができる？

伸びをして壁を眺めると
なんと映しだされた
見知らぬ影

伸びをしているのに
黒い影は手足を高々と掲げ
勝利の姿勢をとる

傲慢だと誤解されないか？

あの黒い広がりは完全に自分のもの
逃げたりおじけづいたりしてはいけない
よく見てわかったのは――
ShadoW

黒い影の線は
わずかな時間移動した因果か？
それとも過去代々の
試練に耐えて映しだされた影なのか？
あるいは、影はすなわち夢の泡か？

百匹はにゃあにゃあともう「いいね」を押しに来た
☝ ✌ ❥……
その中の一匹は名をShadoWという

7. 八月、まだ蛙の鳴き声に耳を澄ませる？

二匹の蛙ⓕroⓖは
五月から八月まで
大地に向かい
彼らの存在を告げる
♪c～r～o～a～k♪

耳を澄ませよう
蛙の鳴き声との縁は
見知らぬ人と慌ただしく
すれ違うより
もっと得難いチャンスか？

八月のある日

岩石の隙間に
井戸のポトンという音の中にと
蛙の声は永遠に人の世から消えてゆく

居眠りする何匹かの蛙を見つけて
彼らに何文字かを吐きださせよう
蛙は口◎を開くほかない
天地にはただ沈黙あるのみ

目を真っ赤にして泣きはらし
失った良き伴れ（リャンバン）*1／涼拌を悼み悲しむと
師匠は私の頭を軽くたたく
「お聞きなさい！　まだ蟬の鳴き声がする！」

（フェイスブックに一匹の蛙の伝言――
清涼蛙鳴合唱団. croak. com

随時利用を歓迎します（○—○）

訳注

＊1　liang ban　良伴（良き伴れ）／凉拌（冷たい和え物料理）。

8. 大海から一本の針をすくう？

隣の黒猫が何度も声をあげて嘆き悲しむ今日
ニコちゃんマークはもらえずネコちゃんの「いいね」は押されていない

悟ったのはどの投稿もみな
とてつもなく大きな情報の海原の一本の針にすぎないこと
もしうまい具合に海藻にすくわれたら
その友、たとえば珊瑚と分かちあうかもしれない

あるいは遊び好きのイルカとすれ違って
逆巻く波に天空へ持ちあげられるだろう

猛スピードで落ちてしばし浮かんではまた沈む
月が出てあらゆる静寂をもたらすまで

たまたま貝殻の中に落ちて万丈の光芒を放ち
真珠にぶつかってはまた吐きだされる

ゆっくりと深い海底に沈んで完全な
暗闇の中で万物を受け入れる巨石にぶつかる

海流と石の接触に耳を澄ませると
ついに「日和見主義者」と署名した海の仲間のメッセージ――

もう一回ポストし、もう一本針を入れて

果てしない海にせめてもう一回
針と海底の万物をすれ違わせる
縁の確率

9. 太陽は猫に一口かじられた？

中秋節のその日
空の黒い雲が
月にかみついた

我ら数匹の猫は
ついに月蝕を思い出す
伝説では月が
犬にがぶりとかみつかれた

天の犬が月を食べる話に
ネコちゃんたちは刺激され
舌の奥から
じわじわよだれを流している

犬に負けたくない
我ら数匹の猫は
毎日頭が冴えている時
爪で
点心のメニューをめくり
円形の
お菓子を探す

霊光の稲妻が
瞬間我らの瞳孔を襲撃した
ニャオ！　我らは同時に叫びだす

早く早く、ひと切れ
太陽クッキーを作ろう
上を一口がぶり
太陽の下に置く
ふうふうまたふうふう
そのあと赤い色を加え
ビルの壁に貼って
師匠に教えよう今日は
日蝕です！

10. 九月、蟬の声はすっかり消えた？

はじめはしだいにまばらになる蟬の声
突然の大型台風が過ぎたあとは
完全に消えてしまった

樹の幹に這い登り一枚一枚葉を払いのけ
どんな蟬でもいいから見つけたい
もう一度お腹を震わせてもらい
心から夏にさよならを言わせてほしい

葉の隙間、枝に隠れた穴を見つけて
尿や唾液の
どんな痕跡も見逃さない
たとえ落ちてしまった
翅や触角でもかまわない

どんな手がかりも足跡もない
蟬はとっくに一面の森に別れを告げていた
私の返礼も待たずに
彼らを熱く抱きしめたかったのに

目を真っ赤にして泣きはらすと
師匠がやってきて私の頭を軽くたたく
こう言いたいのか
「お聞きなさい、晩秋には
コオロギの鳴く声がある！
しかも、コオロギは夜行性」

ただ師匠は微笑むだけ
唇だけそっと動かした
まるで低く吟ずるように
さようーなら
さようーなら

（ある日本蟬の伝言
蟬はとっくに一面の森に挨拶して
「さ よ う な ら」と鳴き声を放ちました

日本語のさよならまたねは
耳にこの上なく厳かで美しく痛ましい
しかもきわめて礼儀正しい
あなたの限りない喪失感と嘆きは
じゅうぶん考えたのでした！）

11. 涸れ井戸にも泉が湧く？

師匠、「構想が湧きでる」はどんな意味？
師匠は私を涸れ井戸の前に案内した
井戸
「水を汲むのに精力が要るか？」
わからないと私は答えた。
「もしもこの井戸から自然に水が湧きでてきたら

精力は要らないのでは？」

出た

しかしここで泉が湧きでたことなどない

「私がもしもと言ったなら
もしもの意味は仮定のもしも
仮想真実」

清らかな水は泉の如く

師匠　私を連れて行ってください
泉の湧きでる井戸を見に
そのような水に触れれば
私は信じます

「その井戸はおまえの脳裡にあるのです」

頭に浮かんだのはBという音の後に伝言をどうぞ、終わったら押してください
#のキー
思っただけでよだれが出る日本の丼物がある
親子丼

12. 火のような泉が湧く？

ずっと考えていたのは涸れ井戸に
泉が湧くかどうか
師匠の後ろ姿が消えると
私はすぐに
あの涸れ井戸に飛び跳ねて
上でぐるりと円を描いて駆けまわる

ああ、ぽかぽかと暖かい
冬の陽は井戸に恋をした

井戸も太陽に恋をした
彼らは互いに長い間抱擁し
やっとこんな温度を創りだした

井戸はとっくに暖炉となり
熱はひんやりした臀部と
全身の体毛に伝わってくる
底から湧き上がる暖かさは
頭から注がれる陽の光より
もっと力いっぱいはねのける
寒さで縮こまる胸のどきどき

背中にも陽があたって暖かく
誰でも背中に飛びはねられる
こんな温度を
聖火リレーのように

どこまでも保ちつづけたい

夢の中でたくさんの猫が
私の背中に積みかさなる
彼らは私を涸れ井戸の
聖火とみなしているのか
私たちは同じ体温を分かちあい
いっしょに冬の陽のもと声をあげる

ああ、火のような泉が湧く……

13. 爪は放した?

精神を集中する練習をしたい
爪で爪をつかみ
座禅の姿勢で

風に吹かれるがまま

一匹の三毛猫から突然の知らせが届く
「あのおっぱいみたいな
石をこすって
マミーの温もりを感じたくて
木に登って鳥の巣をめくり
雀のオスとメスの交尾を盗み見た
小さな池に飛び込んで体を洗い
草むらに身を隠して
湿った毛をなでつけて
ちょうど卵をかえしているメス鳥に
やぶにらみのふりをして
驚かせクックククックと激しく鳴かせた
さらに居眠りする一匹の蛙を見つけ
そのまぶたを二回たたき

耳のあたりに強く息を吹きかけて
豹の神が降臨したと思わせ脅かした」

知らせは続く——
「まだある、蜂巣／風潮（フォンチャオ）*1に挑戦するのを忘れるな
巣の中の蜂は我らの方へどっと出てくる。」

この時私は気づいた　とっくに
爪の中の凧を放していたと
その紙は空を漂い
空を飛翔する魚に変わり
最も優美な孤を描いて
雲の海へ融けていった

私の口で大量の唾液が
分泌する

後悔するのはたった今この
世界でいちばん口に合うチャンピョンフィッシュを逃したこと

訳注
＊1　feng chao　蜂巣（ハチの巣）／風潮（騒動）

14. 転載：「猫隊長のクールな模範——青信号になった」

気軽に街を通り過ぎてもよい
走り回ることもできる
もし90秒あれば
まずちょっと休んで
道端の野草を見たりしてもかまわない

空の雲の塊をよく見てみれば
なんとそれは私の顔

飛行機が私の口元をすれすれに飛んでいく
あれはUVのリップクリーム
ちょうど鷹の羽毛が
私の両足に滑り落ちてくる

まだ60秒楽しめる
イケメンの胸
そよ風の中で紫の
サングラスを支える鼻梁
隣の熟女の洗い髪の香りから
四方に漂い広がるフェロモンが嗅げる
人の群れる場所に沿って
いたるところぶらぶら歩き
向こう側の道路では
おおぜいの人が必死に首を伸ばす
彼らの知り合いがあるいは

私の傍に立っているのかも

まだコチコチと20秒は
無数の微妙を提供する
そばの一組の恋人にはまだ
たっぷり隙間がある
親密な対話を引き延ばして
そのあとキスをしてお姫様だっこ

熱愛中の恋人は
残されたわずか5秒を急いで使い
互いの指をきつく絡めあう
一方私は好みの顔に向かって
さかんに口笛を鳴らしはじめる

たとえわずか1秒しか残っていなくても

私はリラックスしていられる
チカチカし始めた青信号に向かい
足の下のゼブラの線を踏みながら
そしてポーンと飛び跳ね

すばやく向こう側の道路に着陸した

15. 片目を開け、片目を閉じる

片目を開け
片目を閉じるのが好き
左右　右左と交替する練習

目尻付近の
あらゆるたるんだ筋肉を引っぱって
せっせと使えば

周囲は鮮明に変化してくる

近視でも見えるからと頑張って
眼鏡⦶_⦶をかけない師匠
うっかりチョコパンの屑を踏みつけた
そこにもがいた蟻**ant**がくっつく
足の裏は瞬間気づく
微細な神経の変化に
目を見開くとすでに
ぺしゃんこの黒点antは
土の中に埋められている

師匠曰く　眼鏡をかけても
やはり踏み殺されるだろう
大千世界[*1]の蟻
しかも死傷者の数は

計りがたい

眼鏡を拒絶する
師匠は裸眼で頑張って
この世界を認識する
その他の器官も
いっしょに動かさないと

「師匠！　片目を開け
片目を閉じて
左右　右左と交替すると
視力の向上に
とても効果があるのです」
この情報の他には二種類
いちばん**大きく**片目を開け
片目を閉じた

表情の記号を送ります——

:)～_。

訳注

＊1　仏教用語。広大無辺な世界。世界の千倍が「小千世界」で、その千倍は「中千世界」、さらにその千倍を「大千世界」とする。

わが仏陀の説法に耳を澄ませよ

1

仏陀さま、もしも近眼鏡をかけたら

壁の「上」のヤモリが実は壁の傍に垂れさがり
天井板「上」の蝿が天井板の下方に逆さに立ち
バス「上」の人がバスの中にいるのがはっきり見えますか

「黒板」消しが色落ちして緑板消しになったのがはっきり見えますか
「百葉」窓は十葉窓に修正すべき
ごみ箱の「衛生」紙（トイレットペーパー）は少しも衛生的ではない

仏陀さま、もし3D眼鏡をかけたら

「百葉」豆腐から百片の緑葉が飛びだすのが
「千葉」県の天空に千枚の葉が映しだされるのが
「万葉」集の歌から一万滴の葉型の涙の痕が浮きだすのが見えますか

英文の「軟球」が中文の「壘球」に変身するのが
中文の「卓球ラケット」が英文の「卓上テニスラケット」に変装するのが
英文の「ベース」ボール選手が中文の「棒」球選手に変幻するのが見えますか

仏陀さま、もしも老眼鏡をかけたら

「水道の蛇口」の先に水を吹く龍はいないのが
「レザークラフト」の紙袋に牛の皮は使っていないのが
「桜」エビの桜はとっくに海底に沈んでいるのがはっきり見えますか

「月見草」の中で
月が夢の中で二つの瞳を拡大するのが
「猫耳」焼きそばにいろいろな形の目玉が散らばっているのが
「螞蟻上樹（ひき肉入り春雨炒め）」の蟻が数倍に成長したのがはっきり見えますか

2

暗夜の露を昼間まで残す
猿の笑顔を人間の口元に移す
愛情を肉親の情に郵送する

猫頭鷹（みみずく）を猫の頭に鷹がそびえたつとみなす
白玉蘭（ハクモクレン）の中の玉を植木鉢に植える
鬱金香（チューリップ）の憂鬱は花の香から除去する

「懼れ」を視力のすぐれた子どもとみなす
「撮影中はどうぞ笑みを」の札の「撮」の字を塗りつぶす
「愛」の「心」を「受」の中に挟む

天花板(テンジョウ)の「天花」のために祈る
野草莓(イチゴ)の「野草」のために水を灌ぐ
鵞卵石の「鵞鳥の卵」のために温め孵化する

赤い花を咲かせるためにもっと多くの緑葉を植える
凧をはっきり見るために天空の破れた穴を補修する
「木が大きくなる」ために必ず清潔な「風」を「招」かねばならない

対の重要性を証明するために　箸は毎日努力して人々の口に奉仕する
摩擦して熱を起こすために　石も対になりたいという
道を急ぎ続けるために　旅人は靴を片方脱ぐ

「風車」に車輪とエンジンを積みこみ
「オットセイ」を公園へ花見に連れていく
「木魚」を悠々たる蓮の花の池に引きいれる

猫くん、君はなぜ詩の授業で居眠りするのか？

猫くん、君はなぜ居眠りするのか
知らないのかい
これ以上ねぼけまなこでこっくりすると
「物は変化し星が移る」の成語が光陰に生まれ変わる

今この小さな部屋を飛びだして
むしろ門外のつつじの花びらで
芝生に
LOVEをまきちらし
黒板の深緑に描かれた白い
METAPHORに取って代えよう

ここには白いランプと白い光と
まだらになった白い壁があるだけ

むしろ「酔月湖」の傍に座って
「涼風が顔を吹き渡るのを感じる」
こんな飾りけのない語句が
「酔月」に黄色い光を注がせる
陽の光に満ちた昼間の
最も素晴らしいMETAPHOR

教科書の　白い紙　と　黒い字を捨てて
「白い紙黒い字」の間に想像の空欄を加えると
成語は瞬間不思議な力を現す
飛びでて　赤い花　と　緑の葉を探しに行き
「赤い花緑の葉」の間隔をはじきだすと
成語はたちまちジュースで充満し

「蜜蜂のように際限なく大自然の精華を吸いとる」
こんなわかりやすい直喩を啜りのむ

私たちは傅鐘[*1]の下に座り
耳は重い錘の鐘の音に震いおこされ
Bee Bee Bee とこだましている
私が「耳元でブンブン音がする」と言うと、
遠方からたちまち蜜蜂の歌声が伝わってくる

猫くん、君が目覚めた時
他の生徒はもう校庭に
自分の俳句の樹を植えている
あるいは「酔月」の魔力によって
書き上げた三行詩を湖に捨てた
そこは詩を解する数羽の白鳥が守っていて
天空から降りてくる霊光を競って

くわえて離さない

猫くん、君はなぜ詩の授業で

居眠りするのか?

訳注

＊1　傅斯年（ふしねん）（一八九六－一九五〇）の鐘。傅斯年は中国の歴史学者。鐘は彼が初代学長となった台湾大学構内にある。

猫隊長のクールな宣言——私に鈴をつけるな

私に鈴をつけるな
自由自在に駆け回りたい
満天の星の尾をだれかに
尾行されたくない

屋根まで跳ねてもっと近づく
全裸の光を放つお月さまに
瓦の上の透明な爪は
丸々した二つの南瓜に伸びていく

葉でいっぱいのガジュマルの木へ飛びあがり

ざらざらした樹皮のしわを撫でさする
祖先の神業をまねたような逆さ吊り
天空のハゲタカは私の足元に踏みつけられる

屋根の給水塔へのぼり綿のベッドを占領する
陽光の余熱は敷きつめられた毛布
夜はまだ歌でお相手を探す蟬が
翅を摩擦し一晩中揺りかごを届けてくる

私に鈴をつけるな
つま先で跳ねてアンテナを歩き回ろう
たとえ特技を見せようとしてぐらついても
月光の下でのアンテナは琴の弦

蛍でさえ私の黒い影を見分けられない
風の中で揺れる一面の竹の葉に寝そべると

煌めく星の光が私の鼻梁を横切った
今生のいちばん平穏な陰陽太極図を私は呼びだす
（突然、空から鈴が一個落ちてきた）

熊兄さん！　私たちを熊さんだっこして

熊兄さん、さあ！　私たちのＦＢ仲間に入って

Yes, 私たちは各種 Fancy 猫萌え騒ぎを創りだす
威風堂々高くつき上げたお尻は永遠の招待状
彼のおでこをなでると幸福に抱きしめられる
揺れ動く尻尾はどの汽車の旅人にも手を振る
長い尻尾の線はまるで鍵のように
握りしめると知恵の通路を開くことができる
ピンと立った耳は四方の風を迎えいれ
天気予報の出所は誰よりも確か

Yes, 私たちお笑い製造 Funny ウーロン
扇風機で身体の蚤を吹きはらう
憂鬱な人たちの髪の毛の先まで飛ばすと
人の頭の上に跳ねてバブルバスにひたる
クレヨンで壁いっぱいにうろたえた顔のダッグを塗りつける
台風の暴風圏内で爪をあげ
黒雲から大気圏外に飛びこえよう

Yes, 私たちの Fu は直ちにわかちあう
チョコを飲み込んだ時どの神経もS動線を滑りだし
マミーの乳首が懐かしくて枕をバタバタ跳ねる
愛撫されると目は細められ世界でいちばん独特の「一」になる
ラベンダーを嗅ぐと鼻孔は二つの宇宙の円に転換
たとえ忍者猫でもいちばんちょうど良い時に
目の暗号を伝え通関す

Yes, 私たちはBeast 野獣とBeauty 美女の絶妙を発揮する
まだら模様は陽光の煌めくリボン
倍の大きさの目玉は暗夜のシャッター
瞳孔は湖に反射する満月と上弦の月

熊兄さん、さあ！　私たちをBear 熊さんだっこして
私たちは融けあいゴールデンコンビになりましょう
でも熊猫(パンダ)や猫熊(パンダ)に変わってはいけない
あの黒い目の周りは私たちを永遠に寝不足にさせる！

活動広告――100匹の猫の駅伝競走

早くいらっしゃい参加登録に
100匹の猫の駅伝競走
（賞品は史上最も多くしかもどの猫にももれなくある）

あなたの爪と人間世界の神木は
巡りあってつきあうだろう
爪痕が通り過ぎた道には
コンピュータの完全な記録がある
これからは見下してかまわない
その他三本足の猫のＦＢフェイスブックを

私たちの森には
各種奇妙なＤＮＡが集まり
百年の樹々の神秘な身体に隠されている
樹皮の裂け目にさえ secret 機密が充満する

センダン、モクゲンジ、ホウオウノキの
発散する独特のかおりを嗅ぎ
ガジュマルの髭を編み
日本の桜弁当を食べ
黒松[*1]をしたたか飲む
北海道の銀杏の林で温泉に浸かり
さらに北欧製エッセンシャルオイルで
痛む筋肉を磨く

最後に小葉橄仁黄花風鈴木
の葉を顔に敷く

あなたの爪で
指定された100本の神木をのぼりおえれば
あらゆる素晴らしいものを享受できる

この活動は初めて世界記録を作るだろう
100匹の猫かける100本の樹
一万本の樹は猫の汗を吸いとろうとする
猫の吸気と呼気を加え
日月星辰の証人の下
汗と呼吸を根茎葉に引きいれて
猫の魂と融合させると
樹はにゃあにゃあとカサコソを合わせた音を発する

そして猫は、樹と永遠に合体する
あ、私たちにはすでにエントリーする声が聞こえた

ワイワイキャッキャッと
自分を猫猫樹、樹猫猫
樹樹猫、猫樹樹と言っている……

訳注
＊1　台湾の清涼飲料。

Ⅱ　猫の青春パーティ

野良猫は屋根に群がり、dance dance

子猫は屋根でバタバタ
鋳型の瓦を蹴りくずす
高い果樹をバタバタ
爪を延ばしひび割れた tree の皮を剝く
熟れた実をポコポコ踏んで
樹のそばの梯子をのぼれば、畳のような柔らかさ
飛びはねて梯子が倒れても怖くない
足を持ちあげ恥ずかしげもなく
猫爪 ticktack、いろんな形の弧を描く
はちきれそうな果物、pick and pluck
一個に kiss 一回、yes、kiss

果物は熟れてよだれたらたら
爪の描く弧、tap tap、高く低く飛びはねる

青年野良猫は屋根でタンゴ
豹を一頭タン索しながら
目の前で手のひらサイズのアコーディオンに身を縮める
瞬間どの小さな樹もタンじて歌う
抱いてはため息
ここは繁茂してハトを嘆く（タンゴー）の森に
ここは繁茂してほこを探す舞林（タンゴーダンス）に
青年野良猫は豹と絡んで tangle しつづけ
口ずさむ go go tempo、tango
どの豹も探索する、歌の中の
悲しく扇情的な脆い ego

中年野良猫は屋根でサヤサヤ

すねをサヤサヤ神木サラサラ
ぐるりと回って自分で掻き掻き
甘えたしぐさで踊る相手の機嫌を取る
ひとしきりの生臭さ
みだらな目が探るお腹のしわ
際限ない旋回はただ狂風を起こすため
この秘境に通じるsalsa
中年猫も乱れて殺すやり方を学ばねば
絶え間なく乱れて上がるテンションは
ある日神木に負けないざわざわサラサラ
野蛮に、野蛮に、salsa、燃える燃える

老年猫は屋根でフラミンゴ
瓦をフラフラ、たたいてミンゴ
一回たたいて一回フラフラ
かわるがわる違う指で音符をmingle

人の世の仏(フォー)を越えて、menを引っぱり、go go
いちばん素敵な脚力のショー、足の垢をフリフリ
bingo、骨身にしみる、無垢には、まだ足りない

野良猫ぜんぶが屋根でチャチャチャチャチャ
chachacha足で体得　鋳型の屋根瓦
チャチャ完璧にステップを支え
ひとつの瓦でひとつに融けあい、cha
チャチャちょうど揺れるお尻に
チャチャふくよかな色つやと温度が注がれ
夕陽はチャチャ野良猫たちの瞳を横切る

楽器店に猫を一匹買いに行く

楽器店に猫を一匹買いに行く
抱っこしてギターとみなそう
お腹のサウンドホールから発する
調和のとれた共鳴音ボーボー
猫がいうにはお腹の
空きっ腹のグルグル音
これはいい、飢渇の欲が
禁じられた遊び[*i]を挑発するのにちょうどぴったり

楽器店に猫を一匹買いに行く
ふたつの猫耳をSony のラウドスピーカーとし

あらゆる音楽はその身体を取りかこむ
立体の八チャンネルを作り
耳の渦巻き管から渦巻きを巻きおこせる
音はラッパのダムから放水される
みんなが楽音の上でサーフィンできる
Sony、あなたに送風、so neat……

楽器店に猫を一匹買いに行く
ころころ丸い猫のお腹が最も適したジャズドラム
両足は軽やかなドラムスティック
Saturday Night Fever を即興演奏
Bee Gees の人工音が漂う
さらに猫の尻尾は幻のフルートに変わり
上の斑点は息を吹ける
舌の絶技は多くのブンブンを招集し
一匹のクマバチ[*ii]が飛びだした

舌先で気泡をはたき続け
そこからインドの音符に代わり
リズムをとってムードを作るガラガラヘビが滑りだす

レコード店に猫を一匹買いに行く
彼はもうRumba、Tango、Chachaを知っていて
すぐにダンスのパートナーに
柔らかに流線形を描き、踏みだし脚をひらく
瞬間あなたの膝頭の間に挟まれる
爪はあなたの脚の間のカーテンをこじあけて
まるで幕の後ろから幕の前へ歩いて行くように
トップダンサーのポーズ
最後にひらりと跳ねあがり160度ぐるぐる回り
20度を残して逆回りすれば
真新しい酒酔いのタンゴ

楽器店とレコード店にあらゆる猫を買いに行く
ここはさらにアコーディオンが弾く巨大な風の豹（フォンバオ）／暴風[*1]が要る

原注

*i、*ii 「禁じられた遊び」と「熊蜂の飛行」はそれぞれギターとフルートの名曲。

訳注

*1 feng bao 風豹（風の豹）／風暴（暴風）

猫科の告白スタイル

1．恋と愛の境界

「戀」には竹ざる千万個の会話が必要
なぜなら「言」は包囲されて
綿密な「糸」玉の中にあるから

「愛」に多すぎる言葉は必要ない
ただそこに坐って耳を傾けることが必要
それだけを「受け」とり引きうけること
同じくひとつの「心」があっても

「戀」は下半身に絡みつき
「愛」は永遠に熱い胸の奥にひそんでいる

2. 私の恋愛詩の句読点は、顔文字

あなたに会うと目はまん丸で口ぽかん（＊@o@＊）
ネットから二つのシリウスをコピーする
私は銀河できらめく黒い瞳★～★
私の宇宙の天王星のような牽牛にプレゼント

毎回頭がふらつき目はかすむよう…@＿@|||…
バツが悪く笑う＞＿＞＝しかない……
爪に震えるバラを一束握り
ただキスができる口元を求めるしかない（＊＞・＞＊）

私はハハとへらへら笑いを続け　＊＞o＞＊

心臓はバクバク、馬鹿みたいに高鳴り＼(＊＞～＜＊)／
まもなく人事不省に陥り、昏倒する（゜o゜）～@

今夜、あなたの名前をうなりまくり／淫乱（インダン）*1たい

一番下に隠してあった
ポルノ雑誌をこっそり取りだす
そこに描かれた様々の
猫の気持ちいい姿勢
爪の角度にさえ
秘密と秘訣がある

満月の潮のみちひき
もしも別の猫が通りかかったら
伝道師のような
雄猫神の態勢を受けいれるかも

私のうなじを舐めたり噛んだり
月光が流れるつるつる剃り跡は
鋭い歯の真の傑作
技の古臭さ、旧式の釣り／落ち（ディアオ）葉は心配しない
歯が地一面に抜け落ちるかもしれないが

雌が上で雄が下の逆さま方式をまた試す
上弦下弦の月のラインの尻を揺り動かし
菩提樹の葉を敷きつめた綿のベッドで
耳をピンと張りtabla[*i]に耳を傾け
クライマックスの為の前奏曲
私は失神し神を濡らす
神は地一面に落ちている

また試したのはワンワンスタイルの後背位
どんな動物にも適用できる

雑誌の説明には
どうであれ相手の目を見て
その名を猫なで声でよびなさい
世界でいちばん気持ちいい声で

ニャオピャオモーマーチァオアオアイツァン
ただ同類の間でだけ流伝する
雑誌の中の無数の暗示が
目つき鼻息口元を流転する
猫の梵語記録ミャオの各種変形は
猫神さまの出生名簿の中
猫の口は際限なく共鳴する

どうやって背中から相手の目を見るのか？
これは秘伝の妙技——
一匹の猫が満月の下を駆けまわる時

私はきっと身をおどらせ追いかけて
鈴の声でつかまえる
月光の下うなりまくって
やりまくった私のお腹で
彼の名を唱える、一回また一回
相変わらず私は失──神──
このとき猫神は地一面に落ちるのを拒絶
私がその名を叫ぶのを聞いて
互いに天眼を開く

原注

＊ i　Tabla はインドの太鼓で世界でも古い打楽器。左右にひとつずつあり、陰陽と名付けられる。両手で種々さまざまの自然と人間が対話する神秘のリズムをたたき出す。

訳注

＊1　yin dang 吟蕩（うなりまくる）／淫蕩（淫乱）

酒の霊媒はもう神降ろしをした

そう、あなたが
私のところにやってきた
ずっとあなたに気をつけていた
あなたの目にはもう神降ろしをした
酒の霊媒が住んでいる

どうぞ強い酒であなたの目の中の女神に仕えて
私にはあなたのアルコールを含んだ精液が必要
酒気が足りない私の霊肉のバランスをとるため
さあ、直接注射をして
私の下半身は最大の酒器

あなたのウィスキーを飲むだけではなく
その中のオタマジャクシも捕獲する
彼らは中を泳いで行ったり来たり
競争は何一つはばかることはない
最強のつわものが
私のいちばん優しい卵子の中に生息するまで

さあ、ビールを加えたあなたの精液を
私の下の口に直接届けて
苦くて甘い
私のあそこは舌先より
言うに言われぬいろんな滋味の秘密に精しい
私の気泡湧きたつゴブレットには
もともと特別な酸性の液が融けている
酒を含む精液はちょうど
体内の酸とアルカリの不釣り合いな憂鬱を消せる

さあ、あなたの黄金のコウリャン
私のまっすぐで曲がった小道に早く注ぎこんで
中毒になりやすい幻覚の注射針
酒気が足りない沈黙の卵巣に栄養をつける
その形は強靱な稲にそっくり
天地に雷と稲光のまじる雲雨がなければ
誇り高く逞しくは育たない
最後にこの世の極楽までのぼりつめると
仏の究極のえも言われぬ——しなやかな美しさ

まだある、あなたの清酒を帯びた呼気
どうかそっと口で私の鼻に吹き入れて
カクテルのしみこんだあなたの唇
どうかあなたの甘い舌をわずかに押しだして
今夜、バッカスは巡行し

慈愛の海は限りなく衆生をあまねく済度する
あなたの目は霊媒の身体を連れている
毎回の神降ろしは
すべてバッカスの慈悲の奇跡だと忘れないで

私に2本のシガーを手渡して

私に1本目のシガーを手渡して
微温　点火したばかりの小さな火
もたげた尻尾は
私の尻のくぼみで徘徊
私はどの姿勢でバトンを受けとるか思案
震えを隠した陰唇

身体の向きを変え正面からあの
肉色の、体内で吹いて火を起こし
焼けつくように熱いシガーを受けとり
ゆっくりと舌先の温度を刺激して

桃色の唇音を出させる

お尻の深い溝はなおも呼んでいる
もう1本のもっと焼けつくように熱いシガー
私のお尻を持ち上げて両足で立ち
あなたの目の前で尻尾をゆらゆら揺らす
じりじりと待たされ
ついに私は順調にバトンを受けとり
きつく挟む
体内の神水
筋肉は緩む
混じりけのないシガーの香りを吸い
形容しがたい喜びが充満
あらゆる煙と霧は
水がしみ込んだ湿った壁に吸着
雌の動物の砦

同時に2本の焼けつくように熱いシガーを受けとった
最高にめでたい知らせ
それらは別々に引き離される
上と下の口元には
魅惑の微笑み
練習を積んだ軟骨の絶技は
柔軟にひねるのを助け
上下3枚の濡れた唇をひねり向きを変える

二本の焼けつくように熱いシガーは
決して空から落ちてきたものではない
Ⅱ本のペロペロキャンディー
2本のバナナ
Two 水彩絵筆

真実の焼けつくような熱さによって
食いしんぼの私は二つの口で
優雅に進んでバトンを受けとり
そのあと天を仰いで大笑いする

カミソリ周辺

1

女主人はカミソリ使いが上手
秘密の部分に
無毛の三角を削ぎ出し
猫のポルノ本を盗み見させる
物語の女主人は
黒猫の仮面舞踏会を開催する
彼女はカミソリで
猫の全身の黒い毛を削ぎおとす
裸なら

思う存分肌の深いところをこすれる
いちばん原始的な触覚器官を

本のカミソリが
今宵のパーティに現われる
グラスの傍に置かれたナイフとフォーク
カミソリに似たあらゆる容器が
女主人の鋭利なナイフに変わる
全身の戦慄が止まらない

戦慄と直立
真似ようのない性的魅力
私のお尻は普段は持ちこたえられない角度
で突き出された
誘惑を集中させた肉体の斜面は
正面に立つ雄猫の招きに応じ

カミソリを思い出すと
全身の毛穴は震え拡張する
背中に駆け寄る黒猫すべてを迎え
結合の刹那、彼のあそこさえも
つるつるに毛を削がれるだろう

2

女主人は用心して私の
お尻の下の毛をひとつまみ削ぎおとす
♡の形が現れた
彼女がいうには今宵の仮装パーティで
私がいちばんすてきな挑発猫

惜しいかな今宵はどの女主人も覚えている
その猫たちに

精巧なカミソリで
誘惑する記号を削ぎ出してやったこと
とりわけヒヤシンス色の光の下にいる三毛猫
模様にそって毛をつるつるに剃る
ねじれた二本の螺旋ナイフは
舞台の回転灯の下ちらちら煌めき光る

見とれていたＤＪの
視線は三毛猫の尻に従い
鋭利な光を発する
それも一本の鋭いナイフだ
急いで駆け寄り彼に頼む
お尻の♡型にもう一本弧）を描いて
一個のリンゴに変えてちょうだい

さあ、私をがぶりとかんで

その瞬間私はiPhoneのlogoに変わる
この仮装パーティで
思う存分露わにするのは鋭利な切っ先で
削ぎ出された私のお尻の愛瘋(アイフォン)*1——愛風(アイフォン)
騒

訳注
*1　ai feng 愛瘋（狂気を愛する）／愛風（騒）（風騒＝文学を愛する）

パーティでの困惑

パーティ会場に一台
顔を反射する四角いテーブルがある
私ともう一匹は互いに眺めあい
長い時間が過ぎた

互いの取り決めは反射の中に見える
どちらか　先に鼻先で目尻を舐めた方が
どちらか　先に耳でウィスキーを嗅いだ方が
どちらか　先に舌でフェロモンを感じた方が
どちらか　先に瞳孔でカクテルを呼んだ方が
どちらか　先に歯で頬のすりすりを聴いた方が

右の爪で四角いテーブルをこつんとたたき
次の一歩をほのめかす

もしも歯が舌先をかみ
まなざしで脇の下の毛穴を掻いたら
しばしうっとり夢の中の性交に滑り(ホワ)／*1こすりいる
いやいやと甘える温度はどんどん上昇
口を開けてビールの泡を吐き出し
二本の脚は跳ねる準備を始めると
左の爪で四角いテーブルをこつんとたたき
取引成立の合図をする

しばらくどちらも爪を伸ばさない
互いにじっとテーブルの光が
相手のまなざしの海に反射するのを眺めている
一匹の甲虫が

くっついている
つぼみのある一輪の
バラの花の
棘の上

訳注

＊1　hua 滑（すべる）／劃（ひっかく）

耳はあなたの名前でふさがれている

何も聞こえなくなった
猫語、絶叫、吠え声、泣きわめき
「耳」は突発性失聴になった
だが奇跡のようだ、医者はいう
「B」内の集音器は
初期化したかのように、すべてが完全

分かっている、耳はあなたの名前で
進路をふさがれた
その他のどんな出口もなく
隠された迷宮はいうまでもない

終日朦朧として、考えられない
「聴」明は「耳」の後ろになくして
ただ匆匆に心をひとつ残しただけ
ふと見ると正「門」はただ鍵をかけずに閉めてあるが
朝夕に道を「聞く」ことはできない

左耳阝だけが、浅「陋」で
「陰」と「陽」は協調せず
「限」界でいっぱい。
右耳阝、と残る鋭い「牙」だけは
一匹の猫を「邪」の中の「邪」気に変えた。

でも悔やんだり怒ったりしないで愚かに感じる
だってあなたの名前が唯一の愛の賭注（ドゥージュー）*1／堵住
もはや別の名前の

狂おしい賭（ドゥー）／堵は受けいれられないから

訳注

＊1　du zhu 賭注（賭け金、転じて、冒険）／堵住（ふさぐ）

燃える愛

あなたを愛している、初めはただ
鼻先のマッチを嗅ぐ、20度
燃える愛について知りたい
華氏何度まで激しく高まるか

ただほんのわずかの鼻息で動かし
曖昧な風速、$E=mc^2$平方メートル
私はもうすぐひとかたまりになる

自ら燃える火の玉、100度
もはや華氏への換算はどうでもよい

ただあなたの水のような愛が救いに来るのを待つだけ

あなたの無限の∞波浪のような∞潮
現身を引き延ばす
私は灰になり、肉体は０に帰する
変わらず月光の下で願かけをし
全て絶滅した痛みは愛の源
Yes、$E = mc^2$
私の魂は変わらずあなたの魂が仰ぎ見るのを待ちのぞむ

冥王星の中心で愛を叫ぶ

パーティの孤独な壁の隅で、私はウクレレを弾き歌い叫ぶ――

今夜、鬼ごっこの後に抱擁して
明朝あなたの脇のにおいを嗅げるかどうかは気にしない
たとえ私ともう一頭の豹が遊んで99滴の汗を流したとしても
今宵はあなたの懐で泡を吹いて
あなたの虎の背に熊の腰の逞しさを嗅ぐ

冥王星の表面に心をひとつ書きつけるのに
人間は九年を費やしてようやく到達できる
たとえ旅の途中で飛んでいけないと不安になっても

ただお互いに抱きあえば
宇宙船の私という猫をずっと熱愛できる

今夜、逆巻く波のように私を抱いて
青春の体毛は私の船の錨
Saturday Night Fever の歌声が出航する時
いっしょに錨を下ろし銀河の港へ到着したらよい
猫の織女は牽牛の胸をほしがり
奥深い奥の細道まで進ませる
流れる光に転覆しても恐くない

たとえ過去に抱擁を拒絶されたとしても
その時 say no の豹は食べ飽きていたと信じよう
思い出は彼のすきっ腹を満たし
多すぎる美味しい真夜中の夢はめぐる
もう一度後味を楽しむと胃にもたれてしまう

聞いて、窒息させるほどでない抱擁
私をまるごと包み込むのを怖がらないで
一番いいのは髪の毛が呼吸の通り道をふさぐたび
あなたの吐息を吸い込むしかなくなる極致
猫は永遠に忘れない
あなたにとらえられた嵐を呼吸する

でも、私の胸はすでにウクレレでいっぱい
ああ、魂の抱擁を試してみよう
ふたつの心は同時に同じ波長とわかり
異なる空間で互いにゆれうごく
私はついに冥王星にたどりつき
その中心で愛を叫ぶ
銀河系の地球の
パーティのダンスキングに向かって——

ほめまくる　虎の背　熊の腰[*1]

訳注

＊1　虎の背に熊の腰。体格が逞しいこと。

如しあなたの後ろ姿に「如来」[*1]を聞いたら

如しあなたの後ろ姿を眺めていたら
如し大通りであなたの名前を激しく叫べたら
如し通りすがりの人の疑り深いまなざしを無視したら
如しあれらの叫びがあなたの縮こまった背中を引きとめたら
如しあなたが振り返ってこちらを眺めたら
如し雪の光に煌めくあなたの目を求めるなら
如しその中に仏陀の限りない憐れみが深くしまわれていたら

私の貪欲な愛と愚かな罪を許してほしい！
仏陀に額を撫でてとお願いする
無邪気で罪の意識がない子どもだとわかってほしい

ただもっと愛のタブーを味わいたいだけ
例えば動物園のライオンの前で裸でキスをする
例えば汽車の平面交差点で鼻をなでさする
例えば激しい滝の前で両足をこすりあわせ
互いの身体の突起した丘を通り抜ける
例えば摩天楼の両端で相手の方へ超スピードで駆けていき
最上階の真ん中で互いの唇をむさぼりあう
その刹那あらゆるエレベータから湧き出る津波をくいとめる

しだいに離れていくあなたの後姿を眺めながら
私は「如し」「例え」ばと狂ったように叫ぶ
声は目の中にさすらう「如来」と衝突する
そこに逆巻く憐れみが揺れ動く――
如しあなたが振り返ってみれたら
私はなおあなたの愛の恩沢と庇護の中にいるとうったえよう
如しあなたがふたつの瞳を動かせたら

別れた後ふたつの心はまた一緒になるとうったえよう
如しあなたの背中が如来に返事をするなら
如し私が如来の手のひらいっぱいにあなたの名前を書いたなら

訳注

＊1　ru lai 如来　にょらい、仏陀。／如（も）し来たら……（仮定の条件句）

Ⅲ　中年猫の練習問題

生命の数学について

一匹の中年猫は、あと何X秒
やりたいことができるのか？　例えば発情。
もしも12歳まで生きるなら、∞の年月をかけるのか？

一日に6・5×n時間居眠りする
nはなぜ休息の最大の効果と利益を得られるのか？
一生のうちで任意の五秒の白日夢を持続させると、
蝶々の　π式の　舞いを
どれくらいの確率で捉えることができるか？
聖書の表紙をY回撫でるたびに
$\sqrt{Y}$回の悟りを得られると空想できるか？

草原で転げまわってZ匹のアリを殺さないよう努力すれば、
宇宙からZの2乗の報いがあるか？

夜に四分の三拍子の嬌声めいた長いため息をついた
胸を圧迫されて言葉にならない愛の睦言のようだ
眠れない時、フクロウの求愛の声の高周波数を分析したら
なんと心のなかの真実の思念の大波よりも小さかった
夢のなかで、絶え間なくいかにしても書き終えることのできない答案を書いていた
是か非かの問題――頭をあげた時は十字星「+」が瞬くのを仰ぎ見るが、
俯いた時には十字路でうろうろするのか？
「二」は万物とつながることができるが、
満月の時刻にはそれは運命の鎖だとため息をつくのか？

それから口述問題も忘れてはいけない
雨上がりの七色の虹=人間界のすぐに消える幸福か？
赤橙黄緑青藍紫の味わい≧白の恬淡さか？

老若の鷹の飛翔する高度≦鯨の跳躍する弧度か?

人類は裸で海底に潜ってかがやくサンゴを見ることができるのか?

われわれが歴代ですでに　およそ（1÷0）回すれ違っているのであれば
次世代の輪廻ではたがいに一度色目を使い合えるのか?

絶対値の[*i]|**愛情**|はこの世界の過多な溜息を拭い去ることができるのか?

もしもP＝両人の身体接触が空集合（∅）ならば、Q＝?なのか?

原注

＊i　絶対値は、生命の数値が正数であろうが負の数であろうが、みな正数に変化する。記号は|x|

中年猫の鯁（ほね）を喵（ミアオ）／瞄してしまう？*1

喉のところが名状しがたい
Xに抑えつけられて
しわがれ声で重々しく鳴く

爪で　樹液が作り出した
成語辞典をめくると
「喉に鯁のあるが如し」を見つけた

鯁とは——魚の刺のことなり
暗黄色の頁（イ）／葉（エ）の表面に
灰色の白骨が銀色の光を放っている

「更」を仔細に見れば
たしかにある種の魚のXが
喉で交差しているように見える

古い梗（くき）を販売　嗚咽しながら低く吟ずる
心に掛かっている
たしかに、私の心は「鯁」されてしまった

爪でもう一度めくってみるが
「ニャオと口から出た」という成語が見つからない
あ、これは人類の言葉ではなかったか？

「ニャオ」は様々な「更」で押さえつけられてしまったのか？
夜から真昼まで
私は絶え間なく咳払いをして、元通りに埋葬した

「ニャオ」のなかの鼻音を

夜、朦朧としたなかで耳打ちする声が聞こえる――
「更」のなかの「田」はすでに荒れ果てて
「苗」のなかの「田」は
詩水（シーシュイ）／湿水で灌漑することが必要
刺のない口で――
あなたが過ぎ去ったと思い込んでいる青春にニャオと狙いを定める

訳注

＊1　miao 喵（猫の鳴き声、ニャオ）／瞄（狙いを定める）

猫は悲しむことができるが、涙を流さないのか？

猫は悲しむことができるが、涙を流さないのだろうか？
ウィキペディアにはこう書かれている
苦痛か眼病の時以外だったら
青い眼球は大粒の涙を流すことができる

人類は常に無視したりうっかりしたりしているので
細毛はすぐに涙の粒を吸い取れると思っている、あとかたもなく
気をつけてしばらく留まり、猫の瞳孔の変化を観察する——
ご主人様はそそくさと離れていき、手も振らない
夢のなかでさえ背中合わせになって
朦朧とした目つきで、焦点は定まらないながら見つめ合う

あの森だけが知っている
私の狂おしい叫び声が、葉の上の露を震わせ
リスが幹から逃げ出さずにいられなくなることを

チョコレートの屑を運んでいたアリの列全体が
目じりを拭ったばかりの爪で
押しつぶされ、無数の黒い細かな斑点になった

あのドア窓だけが知っている
狂った爪が力いっぱい叩く痛みを
ガラスの亀裂は闇夜の稲妻さながら

あるいはどしゃ降りの雨は目撃したかもしれない
地下鉄に入る前、別の猫があなたを出迎え
私はうずくまって風のなかの雷をまねして吠えていたのを

人類は私のことを「雷のようにパッと跳ぶ」と描く
英語の比喩では猫や犬のようなどしゃ降りの雨*i
実は、それはあまりの悲しさに
言葉にしようがないまま
長いあいだ蓄積されていた膨大な涙の堤が決壊したのである

原注

*i　英語の「It rains cats and dogs」はどしゃ降りの雨が降るの意。

猫にも更年期があるのか？

訳もなく寝室に隠れて泣きたくなった
ご主人様が外出すると、泣き声の地震波が
ガラスを驚かした、ド、カーン、ガラ、ガラ、
窓が落っこちて、破片が頑丈そうな
鉢植えのアロエを傷つけた

（十分後）
埋めかくした怒りがどうにも収まらず
ほろ酔いいかげんの身代わりの子羊を探しあて
ゴミ箱の中の食べ物をぜーんぶひっくり返してやった
まだ分解されてないやつは、すべて鋭い歯で食いちぎった

ペットボトルの類は、上からめちゃめちゃに踏んづけた
プラスチックがぐにゃりと変形した惨状は
自己投影の照り返し
ついにはクローゼットの中の重いハンマーを摑んで
アルミ缶を平らにしてしまう、青息吐息のウミガメが
並んで砂浜に乗り上げている
震える手でクーラーを18度に調整する、
体温はあいかわらず上昇しつづけ
汗が瞳孔に滑り込む、瞳をこすると
ノミが二匹飛び込んだ
敏感にも涙が流れだし
何度か壁にぶつかった
黒い影が目の前をうろつくので悲嘆にくれているうち
しだいに眠気に襲われた
夢の中で体の毛に火が付いた

（三時間後）
熱い火が頭のてっぺんをこんがり焼くので、隣家の菜園に飛び込んだ
ごろごろと雷の音がして稲妻が走り
真っ黒な雲が暴風を引き連れてきた
午後の雷とにわか雨が狂ったように両耳を打つ
わあっ、体内が一瞬でひんやり
草の上を転げまわると、身体は草の切れ端と泥だらけ

（二十分後）
ご主人様が隣家の通報を受けて飛んで帰ってきた
私を抱いて浴室へ、温かな手のひらが
私の唇のまわりをくりかえし撫でさする
「ああ、猫も人間と同じで、更年期（ゴンニエンチー）なのかなあ？」
ご主人様の声はいつもより優しい
私は彼の口調をまねて、つぶやいてみた――
更年―軽（ゴン・ニエンチン＊1）、更年――軽……

訳注

＊1　geng nian qing 更年軽（さらに若く）

青春の呼び声——満天のバラ色の雲の下で

そこでは猫たちが目玉と口の端にものを言わせ
微笑が鼻梁をひっぱる
そして子どもの背中や腰を手でそっと叩くこともある

そこでは子どもは名前や年齢を捨て去って
公園で小説や詩歌を楽しみ
冒険物語や歴史物語を聴く
彼らは広い草はらのうえでキャッチボールをしたりかけっこをしたりする
着てるものは泥だらけ、そのうえママにこう聞かれる
あなたは大地の霊気を吸いでもしたの

そこでは少年や青年が知識と情報を
働き者のパソコンにくれている
彼らが聴きたいのはただ先生の
リズミカルな恋愛詩とラブレターの朗読だけ
前の席のクラスメートと満天の星のあいだを巡ることを夢見て
先生に分かってほしい　算術練習のくりかえしで
失恋の練習問題が解けるはずがないこと

（hei~yo~hei~yo、バラ色の雲の下で
猫たちは宿題と課題をパックにし
寝ころんだまま食事をして書き物をし
立ったままで夢を見て眠る）

そこでは大学生は必ず自分で時間割を作り
恋愛　生活　専門の三つの単位をうまく調整しなければならない
愛慕の詩とメール文を手書きにして

彼らがいつも見つめている相手に送る
生活のエピソードを精神の週間日記に書き
生涯の喪失と収穫を装丁する
専門授業のクラスで彼らの姿を見つけたいなら
どうぞ映画館のプライベートカンパニーや国際会議場へおいでなさい

そこではサラリーマンはタイムカードを押す必要がない
ただ「ドキドキのアタッシュケース」を渡すだけ
出勤時間に外国へ行ってゲームをしていたってかまわない
帰宅したら風呂に入り歌を歌い洗濯をして食事の支度をしてＣＤを聴く
オフィス外の芝生で企画書を書く
ケータイで恋人とひそひそいちゃつきあえる
午後もしにわか雷雨になったら
慌ててオフィスビルに駆け込まない
徹底的に大雨に打たれて下着にまで通させ
青春の肉体を浮き彫りにするのだ

ドライヤーで髪を乾かす時ついでにヘアスタイルを変えるもよし

(hei~yo~hei~yo、バラ色の雲の下で
猫たちが肩書きと姓名をパックにして
寝ころんだまま食事をし書き物をし
立ったままセックスをし眠っている)

半分に折れたボールペン？

線香をあげ終えた友だちが仏像の前を通りがかった時
私が隅っこで居眠りをしているのを見つけて
耳元で遠くの君が病気になったよとささやいた

さっき君と夢の中で会ったばかり
君は病気のことをおくびにも出さず
私を見て微笑んだだけ
そのあといつもより速いスピードで
真っ暗な菩提樹のしげみの方に飛んで行った

ちょっとした手紙を君に書こうと思ったのだが

爪ではうまくボールペンが握れず
表面に涙と汗がくっついた
もう三度もペンが目の前からおっこちて
カチンと地面にぶつかった

薬師仏がその音を聞きつけたのだろう
手を伸ばして私の頭を撫でた——
「わが子よ、私の名を唱えなさい
発した呪文が響きわたって
おまえには握ることのできないペンの代わりになるであろう」

涙と汗に湿った爪で
経書の最初のページを開く
水が紙の裏まで浸透する
二つの頁（イ）／業（エ）がくっついてしまい
頁（イ）／業（エ）を開くことができない

半分だけ読んだお経が
響きわたる
同じように星空を突き抜けられるのだろうか？

「わが子よ、ボールペンが半分に折れれば
芯の中のインクがいたるところに流れ出して
おまえの手のひらに汚漬(ウーズー)／烏字[*1]を書くだろう」

訳注
＊1　wu zi 汚漬（汚れ、しみ）／烏字（烏という文字）

猫頭鷹（みみずく）は罣礙（グワアイ）／掛愛しているだろうか？*1

あなたが病気になったと聞いて
一晩中眠れない
仕方なく様々な瞑想の練習をはじめた

まぶたが憂慮の竹竿で支えられているところを想像した
そこにちょうど私がまだ洗わずに
洗面器の中に漬けたままのいろいろな衣類が干せる

みみずくは
静寂な世界の風の音や草のそよぎを守っているのか
それともただ耳を傾けているだけなのかを想像する

起き上がって汚れた衣類を洗濯することを想像する
垢が水と一緒に流れ去り
しばしあなたに対する執念が洗い流せるだろう

それから洗った衣類を掛けて
重量のある竹竿に
私の瞼を引っ張りおろさせる

あるいはみみずくの叫び声をまねて
腹部の奥の共鳴腔から
頭のてっぺんの第三の目まで響かせる

あるいは霊魂を私の机の前まで引っぱりだす
夜中に経書のどこかのページを開くと
こう書かれている――心に気がかり無し*2

気がかり？　四の圭　石の疑い？[*3]
文字の細部を拡大して重量を加え
彼らは瞼にのせた分銅なのだと想像する

心に礙がひっかかっていなければ必ず愛がひっかかっている
心に愛がひっかかっていなければ必ず礙がひっかかっている

ただし、目は相も変わらずはるか遠くの星の光を望み
瞳孔は闇夜の中で窓を閉じていない

訳注
＊1　gua ai 罣礙（気にかかる）／掛愛（愛がひっかかる）
＊2　原文は心無罣礙。
＊3　「罣」、「礙」の文字を分解している。

逆から読む

「菩提薩埵、依般若波羅蜜多故、心無罣礙、無罣礙故、無有恐怖。遠離一切顚倒夢想、究竟涅槃。」

——『般若波羅蜜多心経』

この世で、もしもあなたの言ったことを私が逆から読んだら
言外の音を感じ取るのにどれくらいの思考が必要だろうか？

試しに唇の端をなめるとそれらの語意が遅れるために……処理の困難な……
背後からたくさん出てくる呼吸……と動悸……が
生死の境から戻ってきて、私の至愛[*1]／罣礙が——
愛智の私が、繰り返す死と生

声がいったん歯の隙間から迸り出ると……波動は永遠を滅することなく
宇宙の洋々としたフレーズのなかを漫遊し滔々たる波濤を巻きあげる
私が逆から読んだフレーズはその最初の声波を打ち消せるだろうか
それとも逆に互いに重なり合ってエネルギーが倍増するのか
あるいは二つのフレーズは時間の前後と遅れによって、永遠に遭遇しないのだろうか？

あなたは私の今生の最愛——
曖（アイ）[*2]／礙　罪（ズイ）[*3]／酔　の　声　が押し黙る、私はあなた

あらゆる詩集をひっくり返して
それらの激情あふれる痴れた言語を逆から読む
語句が再構築されると
私の口から吐き出されるのは混乱かそれとも嵐の後の静けさか？

まなざしを用いて心経（シンジン）／心驚[*4]を読み、然る後に人生最大の困惑を逆から読むのだろうか？

色は空とは異なり、空は色とは異なる
色もまた空ならず空もまた色ならず

色即是空、空即是色
色ば極空にして空は極色なり

訳注

＊1 zhi ai 至愛（至高の愛）／窒礙（妨げ）
＊2 ai 曖（ほの暗い）／礙（妨げる）
＊3 zui 罪（つみ）／酔（酔う）
＊4 xin jing 心経（般若心経）／心驚（驚き）

バラよ、おまえはどの方向から空き瓶に入りたいのか？

バラよ、おまえはどの方向から空き瓶に入りたいの？
世俗の方式によって
おまえの茎はゆるゆると瓶の中に滑り込み
鮮やかな赤が空気中に留まる
かすかな音をさせて宇宙の粒子とこすれ合い
風雨（フォンユー）＊1／豊腴を展開させて
それから花びらが静かに離れ落ちる

それとも逆からいくのか
満開のおまえは口の飛び切り小さい
その空き瓶に押し入る

花びらはひょっとしたら崩れて落ちてしまうかもしれない
あるいはあいかわらず茎と繫がっているかもしれない
瓶内の空無がひとりおまえの発散する匂いを楽しんでいる
——激烈さによって独占しようという姿勢で

訳注
＊1　feng yu 風雨（雨と風）／豊腴（豊満）

色度と濃度のほどよい便せん

闇夜に隠れて泣く
人々に黒い涙の跡を見られないように
遠くにいる恋人よ、私の便せんの
上の黒いしみはもう取り除くことはできない
「涙はインクとせよ」
仏陀さまが指示なされた

もしもどの涙も36度から
顔を滑り下りたなら
どうやってインクの瓶で受け止めたらいいのだろう
最終的に101度まで熱くなるあの涙の粒を？

もしも顔が下を向いていたら涙は自然に流れ落ちる
どうやって正確に打てばいいのだろう
孤独な太鼓のように沈黙している水の瓶を？

仏陀が涙を光らせているのを見て
私の筆先から一瞬にして詩句が滑りでた――
「涙とインクを混ぜ合わせると
私の便せんから
ほどよい色度の筆跡が浮かび上がる」

ひと粒の涙は7・7粒の塩に等しい
七夕の数字
筆先をインクのなかに浸しつづけると
塩味指数が7の色彩――
「涙の跡とインクの跡

私の便せんには
愛の飽和濃度がびっしり書かれている」

色度と濃度のほどよい便せん
指で最後の指紋印@を押す
それが私のサインの仕方
夢のなかで没頭しているのはあなた専属の
email@ メールアドレス

満月時の猫の鳴き声は？

猫の心の中にぼんやりとあったかすかな悲しみが
喉から吐き出されて
花瓶の表面いっぱいの
埃にくっついた

花瓶は目を細めた――
磁（ズー）／慈の面[*1]は永遠に埃を抱いていたが
拭われてふたたび光を取り戻した
驚喜の再生

猫の心の中にぼんやりとあった微かなため息が

呼吸の中から吐き出され
花瓶の表面の彫刻の
あの欠けた部分を覆った

花瓶は右目を閉じた――
おまえの吐いた水分は
私の身体の上の花に養分を与えた
雨露（ユールー）／語録*2のような透明な輝き

猫の心の中にぼんやりとあった微かな怯えが
目から吐き出され
刺になって
花瓶に彫刻された花にへばりついた

花瓶は左目を閉じた――
おまえは私の肉体上の蓮花となり

バラに変身して
気勢をその風采と才華に匹敵させよ

訳注
＊1　ci 磁（磁器）／慈（慈しみ）
＊2　yu lu 雨露（雨と露）／語録（語録）

仏陀よ、愛の動詞が逃げた後は、ただ「ニャオ」と言うしかないのか？

きっとあなただ　手に　花を　もち　微笑んで　いる
弟子の　誰かが　感応　した　あなたが　言った「文　字を　立て　ず」とやらに
衆人は　これにより　信じるのか　無言は　有声に　勝ると

文字が　あれば　声が　ある
私はわざわざ　探してみる　字典の中の　愛に関する　動詞を
Googleを　めちゃくちゃに使って　愛の同義語を　探す
単語の　銀行に　進入し　愛の変形を　見わたす
ほとんど　ただ一つ「愛」という字だけ　多くもなし　少なくもなし
千百年来　ただ　主語　と　述語だけが　改変されている
あるいは副詞の　程度の修飾語　more 多い　less 少ない

あるいは愛の年限は　まるで　アコーディオンのように　伸縮　自在
あるいはもう一つ　大げさな成語　「死ぬまで治らない」

苦境の中で　我々に　できるのはただ　隠喩を探し　不足を　補うこと
しかしながら　考えてみるがいい　あれら人類の　想像力を
愛は旅程だ　火だ　植物だ　神だ
フレーズは　隠喩を　用い尽くして一再ならず　繰り返し　使用する——
私が握っているのは　空転する　ハンドル
あなたは生命の中の　最後の　ひと筋の　炎
あれらの　攀じ　登る　藤蔓が
施されている　愛　の　巫術

仏陀よ、あなたと　私は　向かい合う
清純な笑みは　私にとっては「誘い」「挑発」
けれど　やっぱり　適切な　文字で書かれて　いない
私たちが　目交ぜをし合うと　血液が　体内の　大川を「奔しる」

気迫のこもる　神の教えで　川の流れを　「かき乱す」変化を　かきたてる

今日は　文字を使って　あなたのその　花をもった　手のひらに　書こう――
私は　あなたの　両の目を　直視する
あなたに　求めるのは　あなたによって諭された　けれど慌てて逃げていった　あるゆる「愛」に関する　野放図な　動詞

たとえば、ピアノの上　の猫が　シの鍵盤の上に落ちて　「ニャオ」と鳴いた　というような

ひきつけを起こすと、親指が猫の背のように曲がる

ずっと座り込んでいたその熟女が
ふいにあれえっと叫んだ
足の親指と他の指の間隔が一瞬にして
広がったのだ

ひきつけで親指が湾曲した
島のように引っぱられ、曲がった節は猫のよう
女は泣き叫びながら引っぱってまっすぐにしようとする
この弓なりになった山
ある強力な力が脊髄を引っぱる
私はほんとうに猫の背が女の親指に変身するのを体験した

山型にねじ曲がった痛みが、一時間続いた
「中風になっちゃう」
ひきつけの範囲は上に蔓延し膝頭にとどいた
湾曲した島の山脈も暴風に痛めつけられた
猫の背の曲がり具合はとうに
玉山を突きぬけ雲の高さを越えている

さあ、猫女よ、想像してごらんおまえの親指の中の
あの猫が今まさに奮い立って跳躍しようとしている
身を躍らせてあの緑の稲穂の平原に跳び下り
子宮型の雲や霧を突きぬけて
着地の時には赤ん坊の姿勢で
心やすらかに羊水の温度と接触するのだ

親指は赤ん坊のように猫のように背中を弓なりにさせる

彼女は子宮と猫神の加護を受けるだろう
私は身を躍らせて跳びかかり、休みなく舐め口づけする
あなたのひきつけを起こしたくるぶしに
あたかも首をまわして自分のかゆい背中を舐め口づけするかのように

涙にも環境保護が必要か？

爪で涙の水を拭うと
髪の毛が湿気を吸収し
内心の奥深いところに触れた
もともとそれはティッシュペーパーのやること
おかげで私は樹木を何本か節約できた
そのうえ自分の体液も回収できた

爪で涙の水を拭うと
いつも一度ではすっかり拭いきれない
目尻に水跡が残っているはず
奥のところで波光がたゆたう
なるたけ自分の機嫌の表れ方に気を配りたい

鏡の中には涙目の自分
清らかで明るい

爪で涙の水を拭うと
ついでに自分の唇も拭える
そこはもう長いあいだ乾いていて
キスの唾液で湿らす必要がある
だが涙は心から身代わりになりたいと願う
彼女は言う、夢の中で瞳は
もう千回もキスされたわ

今回、爪で涙の光を拭ったが
涙の水はそっくり残した
その中でこれまで経験した
様々の物語のディテールと悲しみを語っている
恐怖と至上の喜悦を含めて

最も待ち望んでいる激しい胸の動悸の中で
一回一回の再会を完成する

涙の光の中にあなたの逆さの姿が反射している
爪がそうした光を拭いされば
あるいは再び見られるかもしれない
あなたの最も真実の顔を

もしも、爪で
この考えすぎのために
血走っている目を愛撫できるなら
どのひと筋もしだいに拡大の一途をたどる
これがあなたの魂の探索に通じる絹の道
情緒分類のあと
厳しく回収したら
どの成分も血の涙

愛と死の幽冥的境界に踏みこむ

仏陀の頭上のその火の塊に向かったが
巨大な壁にぶつかって
暈眩(ユンシュエン)*1／熅炫している猫

猫の瞳孔に反射して
いっそう熾烈な花弁が出てきた

壁の一幅の仏像画が
　夜中に光を発する

もう一度壁に目をやると
　　バラの画像
　花の炎だった

それを本物のバラだと誤認して
猫はためらう、飛びかかって行ったら
花の刺に刺されるかもしれないと

一人だけで火の見事な美しさを楽しむに忍びず
猫は仲間の群れを呼んで

バラに飛びかかる前に、猫は予見した
　　　　四肢の影も
たちまち烈火に溶かされてしまうだろう

　　　　生涯最高の時刻と
最も輝かしい炎の色を探し続けている
　　　　バラの前で
猫が壮烈な愛の契約を交わす

ともに愛のために入れ墨をする儀式を行おうとする

まさに仏眼を
突撃しようとした瞬間
猫はとつぜんやめた
あの悪魔に魅入られた赤色をもっと見ようと思った

澄んだ美しい涙を流しながら
猫は灼身の儀式の前に
自分もバラになれるよう願掛けする

艶やかな火の前をうろつきながら
猫はすでに足を踏み入れてしまったことに気づき驚く
愛と死の幽冥の境界に

両の目をこすってみると

壁のバラが
ぜーんぶ仏陀の
瞳孔の中に生えている

訳注

＊1　yun xuan 暈眩（目がくらむ）／熅炫（仄かな火がまばゆい。作者の造語）

Ⅳ　時計の針に逆らう猫科の物語

英文熟語入れ替え練習——猫は古い芸当を握りしめていてはいけない

猫君たち、よくぞこのご時世に
英語を勉強しに来てくれたね
今日は熟語の入れ替え練習をやります
君たちに単語とフレーズに挑戦してもらおう

You can't teach an old dog new tricks
これって老いぼれ犬は新しい芸当を覚えられないということを暗示している
猫が代わりにできないだろうか
英語の熟語ではよく
猫と犬を一緒にする
たとえば猫たちや犬たちのように雨が降るという具合

さあ、私がまだ話し終わらないのに君は手を挙げた
君は猫と犬ではまったく違うと言うのだね
犬は男を形容し
猫は女性の描写に適すると
黒犬はもっぱら女殺しのハンサムな顔立ち
黒猫の美貌は戦争の引き金になるような
壁を築ける

もう一人手を挙げている人は、老という字を
時流に合わせて「熟年」とすることに不満なのだね
無限の潜在能力はおそらく心理学の中に潜んでいる
車椅子を使っていてもあいかわらず立ち上がって歩くことができる
たとえ毎日小さな一歩しか進めなくても
両手を失ってもあいかわらず毎日泳ぐ
足がなくてもまだ生命のタップダンスは踏める

年齢に逆らうのは年齢を凍らせるよりかっこいい

最前列に座っている方、あなたは眉をひそめて
大声で言う——肯定句と否定句を交換して
「どうにもできない」を「できる」にかえようと
熟年猫は完璧に新しい芸当を覚えられる
目の見えない虎は飛翔する時に舞いあがる埃を察知できる
耳の聞こえない豹は疾風となって森に楽音をたゆたわせることができる

さあ、まだ反対の形容詞があるぞ
このように対になった単漢字は難しい
自分で体験してみなくては
巨大なネズミは小柄な猫を恐れない
左側の雄ガモと右側のメンドリは密接にコミュニケーションをとっている
キリンは短足を気にしない
スリムなチャンスはスリム[*i]でなくなることを願うしかない

けれどあなたがまた手を挙げて否定の練習をしようと提案して
最後に手に入れたフレーズは
猫は古い芸当を握りしめていてはいけない

さあ、自らを励まして
毎日忘れずに自分のために
生命の単語と熟語のチャレンジ練習を行うこと

原注

＊i　slim chance　字面は「スリムなチャンス」となっているが、意味は「チャンスはわずか」。

K猫、路上で不公平なことを目撃

1

犬が熟語辞典に向かって吠える——
人類はまったくもって俺を醜悪の極致にしてしまった
ただし、辞書は依然として彼の自負する尊厳を保っている
黙す——語らず

2

風が、適当に熟語辞典のページを開く

「犬の口は象牙を吐き出すことはできない」
犬は、その紙に向かって吠える――
人類はまったくもって俺を侮辱の極致に至らしめた
ただし、辞書は終始彼の自負する尊厳を保ち続ける
沈黙――語らず

3

犬は、そのページに向かって吠え続けている
人類はまったくもって俺を侮蔑の極致に至らしめた
ただし、辞書は相変わらず彼の自負する尊厳を保ち続け
風に「黙して語らず」のページを開いてくれるよう頼む

4

Kという名の猫は、熟語辞典のあのページを開く
「犬の口は象牙を吐き出すことはできない」
爪でそのページをびりびりに破る
それからもう一度「黙して語らず」のページを開き
冷たい微笑を浮かべる

彼らは雲豹がすでに絶滅の危機に瀕しているという

鷹の翼が無くても
やっぱり飛翔はできる
足元の岩石が
高山の断崖に聳え立っているのだと想像しさえすれば

草原は千変万化する白雲
コオロギは海から躍り出るイルカ
クモはネットを紡ぎ出し
その上でサーフィンができる
足元の凧は私のパラグライダー
私を出迎え海面から天空へと向かう

尻尾は二つに分けられる
二つの細長い翼は、鷹のそれより
もっと流線形、雷と暴風を防御し
大洋の鯨と暖流を俯瞰する
カモメはほんの斑点大
サメが跳びあがって私の尻尾を捕まえようとするが
ただ遠くから私を見て声をかけて通りすぎるだけ

私は野性の猫で雲豹でもある
毛皮の斑点は雲霧に酷似
私が荒野を奔っていると
尻尾がヒマラヤの薬草を引っ張り出す
百年の空気の中に凝固している効能
幾多の人が山越え谷越えここに探しに来る
憂うつとためらいを治療する霊薬を

私は尻尾を鷹の翼の代わりにしている雲豹
ネパールから台湾まで
人々は私の鋭い爪が残した足跡を探す
けれど尽きせぬため息が残っているばかり
彼らは私がすでに絶滅の危機に瀕していると言う
ただ伝説に押し込められるか写真の中にはめ込まれているだけで
足跡は依然として雲を呑み霧を吐く絶壁に刻まれている

満月の夜になるたび、あいかわらずヒノキ林の
一本の木の幹に、私の影が逆さに掛かっているのが見えるだろう

私は今すぐがいい

私は今すぐがいい
あと一秒だって待てない

一秒の内に世界にはK匹の猫が誕生し
地球の異なる経度と緯度に降り立った
ある猫は母猫の乳首にかぶりついた
ある猫はゴミが山と積まれた街角に捨てられた
一秒の内にM匹が「旦那様」「奥様」それから
「伯父様」「伯母様」に選ばれる猫種から除外された
別れの時、ある猫はわずかに残った微笑を絞り出した
ある猫は両の瞳をかたく閉じた、だがご主人様は動物よりも
いっそう多くの深い涙の溝を顔に刻んだ

一秒の内に世界のどこかの片隅で爆弾か粉塵で爆発がおこり
その瞬間T匹の猫の尾が燃えて
叫び声をあげる間もなくすばやく目尻にまで広がる
あるものは真っ黒こげになった
一陣の狂風がわずかに残った塵埃を八方へと巻き上げる
ある者は残ったひと息で一生涯車椅子
松葉づえの生活、あるいは水治療の最中に泣きわめく
つきそいのご主人様はただ
猫の視線が届かぬところで胸をたたき嘆くしかない

一秒以内に世界のどこかの片隅で激震が起こり
その瞬間レンガ鉄筋木材セメントがN匹の猫を押しつぶす
ある者はたちまち霊魂が抜け出して何が何でも吠えたてる
自分の破壊された身体はあいかわらず伏したままふり向くこともできない
ある頭部は傷ついてそれ以来植物——猫だと注記されるようになった

ある者はわずかに残った隙間の光をたよりに暗闇から抜け出した
無数の同類のねじ曲がったむごい姿を通り抜けた
その後さまざまなトラウマから
被害妄想になり月あかりさえ怪しいと思うようになった

一秒の内にある酔いどれ騎士が路上で暴れまわった
路上にいた何匹かの猫は慌てて逃げた
一秒の内にある動物を運んでいた飛行機が突然乱気流に巻き込まれた
倉庫の中の猫の群れはニャアニャアと大騒ぎ
一秒の内にみんなでカラオケをやっているそのバスが
急ブレーキをかけて崖から転落というのは対面から来たワゴン車の
運転手と傍の秘書が両手でいちゃつきあっていたからだ
その前にバスの乗客が言ったのだった猫を連れてきて一緒に歌を歌おうと

私は今すぐがいい
もう一秒だって待てない

永遠のフェティシズム

籠から咥えて取り出した
そのストッキングに首ったけ、あなたの足の汗はすこぶるお馴染み
あなたが出かけているあいだに、私はその味わいをマッサージして
まだ私の傍にいるように感じる
たとえあなたがボーイフレンドに会うのだとしても
私はきっと彼より早く享受することになる
あなたのストッキングに貼りついた幻想の自由を
ストッキングには銀色のバラの花の刺繍があるのを覚えている?
(最近あなたはもうこうした penny hose を買わないのかしら?)

あなたのサラサラなびく長髪に首ったけ

かつてあなたはポニーテールの先で
私の臍や尻をくすぐった
以来私はこっそり落ちたあなたの髪の毛を収集
さらに櫛のあいだに残っていたのを咥えて取り出し
とても挑発的なブラシを作った
毎日敏感な場所にとってても気持ちよい
自——慰を——している
（内心の苦渋が混在
最近とみにあなたの lost hair には白髪が混じっている）

毛の生えたあなたの三角州に首ったけ
あなたはかつて私の爪を引っぱって愛撫をさせた
その快楽はこの世でも稀だとまで言った
私は舌でその色濃いオアシスを舐めた
たまにうっかり鋭い歯が当たると
あなたは呻きはじめ失神して叫び声まであげた

それ以来あなたに対する経験が深まったのを知った
私たちはともにジハードを行った
（最近はあなたのボーイフレンドがベッドを独占
私はベッドの下に潜り込んで
彼とともにあなたのclimaXクライマックスを楽しむ）

あなたの三角ショーツに首ったけ
とりわけ一日が終わって脱いだ時のそれ
たとえ特殊な匂いを発散しても
私の幅広い好みは何でも受けつける
あなたはかつて清潔なショーツを使い
寒い冬の日には私の肩を包んでくれたから
今でも私はあの夜の猫啼きが懐かしい
ひょっとしたら涙があの小さなショーツに流れ
それ以来湿った三角が恋しいのだろうか
（最近あなたの pants の分泌物が増えている

私は嬉しくもあり心配でもある）

あなたの赤いレースのブラジャーに首ったけ
あなたはよく鏡の前に立つ
裸体にあれを着けただけのかっこうで
私を胸に抱いてくれる
私の頬がレースに触れるとすぐにニャオと声をあげ
頭を胸のV字溝に埋めると
victory の幻想がもてた
時にはブラジャーの中にもぐりこみ乳首 nipple をこすりたいと思った
母のあまい乳首を思い出した
（最近あなたは木綿のふつうのブラジャーに変えた
cup も次第に小さくなった）

もしかしたらいつの日かあなたのボーイフレンドの
ネクタイ、ひげや剃り跡に首ったけになるかもしれない

その頃には私はもう彼への限りのないジェラシーを昇華させ
真正の物／（ウ）屋／（ー）鳥に恋する
フェティシズムに変わっているだろう

一滴の涙を自分に残して

ラジオが古い英語の歌を流している
9999999 tears
9の数字が
私の頭を7回たたき
居眠りから目が覚めた

女主人はとうに涙にくれている
内心のいわく言いがたい痛み
And then I don't know if I'll be over you
彼女は私の毛を撫でながら、
「あたしはいつになったらあなたをあきらめられるのかしら」

おお、うまい訳、
だけど彼女が指しているのが私なのか
それとも彼女のことを分かっているようなそうでもないようなあの男なのか分からない

もう一滴涙を落とせば
桁があげられ
整数だ、これはいい、どうして桁を上げずにいられるものか

私は女主人を見守りつづける
私のまなざしで彼女を慰めたい
この世界ではやっぱり猫こそが
彼女の深く埋もれた悲しみを理解できるのだ

「もしかしたら、彼女も他の人に
888888滴の涙を流させたかもしれない

その人は思う――もしも桁を上げようとするなら、
二滴必要だ
一滴はあなたに、一滴は自分にとっておく
ほら、あの人は涙を流すのさえ
周到に考える。

もしかしたら、七個九滴の涙は
中国語の中で悲しみと美しさと持続する
愛がかつて証明した永遠を表している

もしももうひと粒落としたら……」

私はぶつぶつひとり言、
女主人は私の気持ちが分かったかのように
涙を止めた
私には分かっている、彼女はそのひと粒を

自分のためにとっておいて
あの歌の数字の桁を永遠に上がらせまいとしているのだ。

熟年者には蛍が観音宛てに書いたラブレターが必読だ

「青青たる翠竹　みなこれ法身、鬱鬱たる黄華　般若にあらざるはなし」

——禅宗

「思惟（しゆい）の心を以て円覚（えんがく）の大海に遊ぶは、蛍火を取りて須弥山（しゅみせん）を焼くが如し。終に着（つ）くること能わず。」

——『円覚経』

「私の筆先は明るい光を流出させて
夏夜（シアイエ）＊1／下頁を
両足で支えられるような
銀河の陸橋にしようとしている」

Ⅰ

群れ花の光の言葉の中を突き抜けて
あなたの凝視する瞳孔は
二匹の蛍

Ⅱ

闇夜の中であなたの唇を花びらだと思い込む
私の蛍の光が
あなたの湿り気を帯びた唇の上で震える

Ⅲ

私がまだ卵子だった時祖先がこう訴えるのを聞いた
あなたの眸の中の蛍虫が

夜ごと愛を探索するための信号を発していると

Ⅳ

あなたの髪の楊柳に触れて
私は急ぎあなたの鼻息で湧いた渓流と
鼻梁の起伏する山谷へと奔る

Ⅴ

あらゆる夜間飛行の使者は一晩中羽根を動かし
畢生の蛍光ペンが
あなたの花叢の光沢を書く

Ⅵ

私の微かな光のために涙を落とし
仏陀は蛍火の明滅無常を悟って
あなたの多感な目の窓に飛び込もうとしている

Ⅶ

私はしばしあなたの手のひらに止まり
如来山の崖の上で
今宵の下弦の月の唇をめでてもいいだろうか

Ⅷ

蛍火には須弥山を焼却できない
釈迦の警句は未だ私の執着を焼滅できていない
あなたのために赤々と灯をともす執着心を

Ⅸ

次の世の輪廻の中では
私は竹林に転生して
あなたの両の眸の中の千匹の蛍火を取り囲みたい

Ⅹ

繁れる花の外にさらに竹林がある
細竹となって直立しているあなた
と私は仏陀の偈語(ジーユー)*2／寄与する風を採集する

訳注
*1 xia ye 夏夜（夏の夜）／下頁（次のページ）
*2 ji yu 偈語（僧侶の唱える韻文、げご）／寄与（寄与する）

夜半に目覚めて窓をふく

夜半に目覚めて窓をふく
ガラスのこすれる音があなたを先導して
私がもうすぐ映写しようと思っている夢に入ってくる
ガラスのきらめきはあなたの目の中の星だろうか
まずはもうすぐ夢の中のものとなるシナリオを探してみて

現実がもしも私たちの再会を邪魔するなら
夢が新たにもう一つのガラスの橋を作るだろう
橋の上で私は両手を伸ばしてあなたの顔をつねる
あなたはそれを巧みに躱す
私の指はあなたの鼻の頭をこするが
あなたが私に同じ手つきを返した時には

私の肌までつねる
私はあかんべえをして
心の中の様々な不確定さで答えなきゃ
あなたはあの夢の中のヒーローなのかしら

夜半に目覚めて窓をふく
埃があなたの忍び足の音を吸い取る
ガラスは無垢でなければならず
それでこそまなざしは飄然としたあなたの足取りを追跡できるのだ
あなたはどうやらもう長いあいだ窓の外に佇んで
私の夜通しのシナリオをうかがい見ており
私の夢の中の役を演じる潮時を狙っていたらしい
もしも窓に厚く埃が積もっていたら
あなたは外でうろつきためらうことしかできない
悄然として声もなく
月の弯刀の下に陰影を見せながら

夜半に目覚めて窓をふく
秋の露冬の霜春の雨すべてはあなたを覆い隠す
ただ夏の夜の虫の鳴き声だけが
あらゆる塵埃を振り落とせる
あなたは夜の虫の呼び声に従って
ひらり私の夢の中に入り込めばいい
その時ちょうど私はあなたが別の世界から
送ってくれた手紙を読んでいる
私が透き通った涙の粒を落とすと
あなたは手を伸ばして涙をぬぐってくれた
まるで私が夏の夜にガラス窓を流れ落ちる
双魚の目を拭くように

郵便配達員は真夜中にドアをノックしにやって来る

小刻みな物音がドアの隙間を抜けてくる、誰かがドアの外でささやく
物音が私の耳の隙間に隠れる、耳とドアが一体となった

誰かがドアをノックする、誰かが耳をたたく
悲しきものは夜中に配達する郵便だという、私の夢の世界に潜入し
手紙を脳の中のあの郵便受けに落とす、けれども中はもう郵便物でいっぱい
やむなく手紙を投函口に差し込んでおく

夢の中の自分がその手紙を開封しようとすると、一陣の風が吹いてきて
紙飛行機のように滑り出す、空中で旋回し
白い点が見えるだけ、太陽の光に邪魔されて私は頭をあげて見つめることもできない

気づけば手紙はすでに凧になっている、細い糸が私の手のひらを通りぬけ
私はそれを最適な高さに調整したり、ゆっくり手許に戻そうとしたりする
だが狂風が空を襲い、タコ糸を切断した
あの手紙は黒雲の中を漂い、あるヘリコプターのプロペラの上に落ちた
中の人が頭を出して、手を伸ばして手紙を受け止めた

私はその人に手をふって合図をする――「それは私の手紙です、私に返してください」
その人は空中で答える――「手紙は私が書いたものです、私こそが手紙の持ち主です」
私がふたたび手をふって合図をすると、一台の車が飛んできて目の前で止まった
「あの真夜中に届けられた時間指定の書留便を追いかけに連れていってあげましょう」

車は空中で特技を演じ、トンボのように旋回する
その瞬間雷鳴が黒雲を吸いつけ、千万匹の豹が空から落ちてきた
豹の斑点が鋭い音をあげ、ヘリコプターと車が逆転した
その人と私は垂直に落下、雲の中でぶつかって顔を見合わせる

「ああ、あなただったのか」
それはこれ以上ないほど馴染みの目
この人生でもう一度逢えたらと願っていたその顔

海の果て地の果てについて——愛の手引き

スナネコが仏陀に訊ねた
彼らは海の果てに行けば　愛が見つかると言います
道行く人ごとに　海の果てはどこにあるのですかと聞いたのですが
どうして彼らの手の指は
みな別々の
蜃
気
楼
を指すのでしょう?
答えは海の果てから漂ってきた——

数枚の服をもち　リュックを見守るだけでよい
旅の途中で前進することを忘れたら　そこが海の果て
自分の
影
の
下

さらに仏陀に訊ねた――
海の塩がとがらした唇の端に吹き付け　唇は青空に向かって弛んでいます
海風は髪の毛をめくり上げ続け　白い真珠をはめ込んでいます
海は恋人の涙を集め
千年の結晶を経た
塩辛さは洗い流せるのでしょうか
愛ゆえにはまり込んだ
狂
乱を？

声が空の果てから漂ってくる——
すぐに海の片隅に立って　自分で海の果てを定め
愛を探すためにむくんだその踝をさすりなさい
昔のかかとの泥が　波に従って漂い出たら
足指でそっと　目を見開いている魚の群に触れなさい
魚たちは真剣にうかがい見るでしょう　あなたのその
疲れた
足の
爪を

さらに仏陀に訊ねた——
彼らは空の果てに飛んで行けば「心」を探し当てられると言っています
道行く人ごとに　空の果ての入り口はどこかと訊ねたのですが
なぜに彼らはみな手の指で
異なる色の

雲を
指すのでしょう？

スナネコにはなんの返事も聞こえず
手の指が直接天のあかりを指して願い事をした
「海王星を突き抜け
愛は意志堅固な鷹
山の
頂を
飛び越えようと
決心している」

その瞬間、空じゅうの雲の色が変化し
文字の形に並んだ
それは仏陀が送ってよこした偈の言葉なのだろうか？

心　ＣＬＯＵＤ
心　受け止める
心　∞

その度に、髪の毛がパラパラ落ちる

口のまわりの髭もまっ白になった

かつては体にぴっしりと貼りついていた
褐色に光る毛は
海の波をおこして風の中で飄々
寄せては返すリズムさえできていた

けれど今は、爪でひと摑みすると
細い毛が某処から
埃のように落ちるようになった
ほんのかすかな物音が

地面にふれた一瞬だけ、
ぐっすり眠りこんでいた数匹の
アリを驚かせた

無意識にちょっと眉をしかめただけでも
必ず一本の毛がそれにつれて動き
くっ付いていた毛穴からはがれて
それから羽毛のようになる、
軽やかな姿態は
地上にすでに存在していた埃を驚かした

ただ鼻をかんだだけでも
鼻穴の中の太毛は、
激しい姿勢（ズーシー）*1／滋事で反応するだろう
振り離すコースによって
直線的に四方八方に放たれ

それからちょうど飛び舞っている蚊と
散乱している碗や皿の前で出会い
互いに一期一会のまなざしを取り交わす

ただ喉の奥から咳をしただけでも
首の近くの髪の毛は、
鼓膜を振動させるリズムに従って
放物線状に耳元からゆっくりステップを滑り出させ
秋の涼風と
ケータイのフェイスブックの画面上で
もともとそのつもりだったその中の
「いいね」の文字を押すのを遅らせる

ただ唇の端が
ちょっと微笑し
両ほおの髭と口ひげを動かしただけでも、

元の肉体からは脱離しようとする
蝶々のような飛び方をまねて
静かなやり方で
待ち構えている群れ咲きの花の中に落ちる
だけどひとしきり風鈴が鳴って
反対の方向に押しやる
そこでは数匹の犬が天に向かって狂ったように吠え
またもや髪の毛を数歩前に押し出して
最後には伏し拝もうとしている
女性の口元を通り過ぎて
彼女の胸の突起した丘に落ちた

ただ目を細めて居眠りをしているだけでも
一本の睫毛が
ゆっくりと目尻から
経書の中の

一つの呪文に落ちる

訳注

＊1　zi shi 姿勢（しせい）／滋事（面倒を引き起こす）

花びらのしぼむ前に画家に訴える

師匠はくり返しおっしゃいます、いつでもわが身に受けたのと同じように感じ
絵の中のあの花びらの心の声に耳を傾けよと——
陽の光が陰影を追いかけようとしています
己れの赤さはすべてほの暗さによって
引き立てられていると疑っていますから

菊の花の心は燃焼する画筆から来ています
画家は燃えさしになった時
心の温もりが見えるのを待ってから
赤い色を乗せるのです

たとえ散り落ちる
のと同時に根や茎から離れる
痛みと解脱を感じたとしても
あいかわらず微笑んで
あなた様が私の過去を完璧に記録してくださったことに感謝します

満開の頃を振り返る時は、ただ
あなた様の画筆がもたらした微風に身をゆだねて
震えるだけです

作品が完成したその時は
震えと恐れはまだなくて
萎えつつある心持ちが
この世界から消えていきます

人々の肉眼に見えるのは

私が比類なき美しさで
あなた様の前にそびえ立つ姿ばかりです
陰影に取りまかれた陽の光さながらに

菩提樹の葉は渇望するにおよばず

師匠がインドから持ち帰った
十枚の菩提樹の葉
元の木はとうに歴史から消え失せ
よそから持ってきた菩提樹の種だとか
仏陀が悟りを開いた賜物

栽培すると高く大きく茂り
落ち葉は好きなだけ拾えた

師匠がおっしゃるには一枚の菩提樹の葉ですぐに悟りが開けると
私は葉脈をじっと見つめ

でたらめにいくつかの道理を考えついた
たとえば彼女は温度を渇望する必要がないということ
もしも尻の下において
重みのもたらす体熱を受け止めたなら
しばらくのあいだ離れていたとしても、温度はそのまま守られ
もう一度この聖地に戻すと
失われた温熱が改めて漂う

彼女が熱を渇望するまでもない
顔にほほを寄せるか耳たぶをつまむか、あるいは爪で押してみれば
肉体のどの聖地からも異なる炎が伝わって
全身の細胞が詳細に記録される
移動のステップで

彼女は湿度も渇望するには及ばない
よしんば大樹から離れても

一瞬にして甘露をすることができる
彼女はこっそり暗示する、人類のわきの下か秘密の場所には
じくじくと流れる濡れた水があると

菩提樹の葉は、舞い落ちたあとも
あいかわらずの自給自足、なぜなら遠くの衆仏か
あるいは遥か遠くの過去が
肉体が泥土に回帰したあと
今を盛りの菩提樹に滋養を与えてやるのだから

もしも冬になったら
私は卵を孵すような姿勢で
葉っぱを包み、高温で感情を伝えて
葉の中の霊魂にふれようとするのだろうか？

ああ、まだ九枚の菩提樹の葉がある！

破殻猫——夢の中で蛋殻（ダンコー）[*1]／弾殻から抜け出す

ひよこに替わって
力いっぱい卵の殻を破り
私を覆っていた蒼穹から抜け出した

その前に、目に入ったのは孵卵器の
外面を女の顔で
包んだお面

殻を破る時、自分はきっと孵卵器を
跨いで越えなければならないと思い込んでいたが
白い空の

真ん中に裂け目ができて
パカッと新しい世界が出現しただけだった

体の毛が空気に震え
自分はひよこなのだと思ったが
傍らの同類たちが私の
爪を見つめている、私がそれを伸ばした時
彼らとの違いに気がついた

周りのみんなに挨拶しようと口を開けたら
ニャオという声が他の
二羽のひよこを弾き飛ばした
私はたしかに卵の殻の中から抜け出した
けれど爪が巨大すぎて
疑われてしまった
もしかしてこれまでに

未曾有の突然変異をしてきているのではないかと
また何度かニャオと鳴いた
孤独がひと晩じゅう私に付き添い
私の誕生を見届けに来るメンドリはいなかった

ひょっとしたら、弾殻から抜け出して
かつて機関銃で
掃射され
傷を負って地面に倒れただけなのだろうか、巨大な煙塵のため
私は弾殻に身体を包まれたと勘違いしたとか
けれど脱け出す時はたいした力もいらなかった
よしんば弾殻だったにしても、夢の中ではみんなただ
簡単に破れるほど弱々しいもの
爪はかつて合掌して、平和のために祈った
そのため弾殻を壊すことが、夢の中の理想だった

蛋殻／弾殻（ダンコー）を突破する瞬間
私は空中から自分を俯瞰した
正真正銘の熟年にゃんこが
巨大な卵の中から目を見開いて
裂け目を見上げ、そして天空の
好奇心丸出しの自分をちらりと見た

訳注

＊1　dan ke　蛋殻（卵の殻）／弾殻（薬莢）

ラブソングを歌うのも好き

指にはまだ少し力が残っている
身体をウクレレにすると
指先がふるえ弦がずれる
さらば押韻よ

キリンになると、首は入り海のよう
いつでもあなたの首に巻き付けられる
模様はあなたの毛先を飾れる
キノコになると、あなたのさらりと落ちる髪の毛を受け止め
この年齢をいとおしむ
私たちはそれらの髪の毛でたくさんの夢想を編む

二度と凋落といった文字は使わず
一本の木の前に座って仔細に観察
舞い散る葉は再生のためであることに気がついた
落ち葉の飛翔のカーブを見て
私たちは発芽に向けた飛翔を新たに展開する
もう二度と顔の線のことは気にしない
線を一本加えれば絵全体が完全に
変わってしまうことを画家はよく知っている
余分に加えたひと筆は
このモノカラーの絵を無価値にしてしまう

(oh~oh~ye~ye、座禅を組んで夕日を眺めながら、神秘の時刻を待つ、
私はますます近づいて、あなたの恐れを知らぬ真紅を仰ぎ見るだろう)

リスになって、尻尾であなたの髪の香りを撫で

ナッツを送る
クルミは人をすっきりさせ憂いを止めると
あなたに教える
一頭の豹になり、すばやい身のこなしで
あなたの髪の毛の先を風になびかせる
髪を摑んで夢想を編む
宇宙のどの片隅にでも飛んで行けるように

もう二度と退化といった文字は使わず
一匹のさなぎの前に座って仔細に観察
激しく変化するホルモンは脱皮のため
蝶の飛翔のカーブを見て
私たちは孵化に向けた羽ばたきを新たに展開する

もう二度と手のひらの震えを気にしない
歌い手は一拍遅れていることを知る

歌曲全体は完全に改められ
よけいに留まった音符たちによって
このラブソングは唯一無二のものとなるだろう
（oh~oh~ye~ye、座禅を組んで夕日を眺めながら、神秘の時刻を待つ、
私はますます近づいて、あなたの燃える真紅を仰ぎ見るだろう）

水月観音と葉衣(ようえ)観音を観想す、夏の夜に

青年猫と熟年猫はもともと一体
一つは上弦の月、一つは下弦の月を為し
あたかも水月観音と葉衣観音の如し

蓮の花が水月観音を捧げもち
意のままに座す姿が
池の円かな月の中にある

蓮の花が水月観音に笑いながら求める——
「結跏趺坐して
しばらく私を休ませておくれ」

ゆっくりと身を起こし
水月観音は座していた岩と
その上の温もりを捨て置く

その竹林が低い声でつぶやく——
私はずっとあなたの背中を守って来た
今あなたはついに私の中に入った

竹の葉は驚き喜んでさめざめと泣く
さやさやと音をたてて
一陣の風を引き起こした

水月観音は受け取った
風のもたらした葉っぱを
葉衣観音の千葉衣から出たもの

千葉が一枚欠けた
葉衣観音はあいかわらず草だらけの
岩の上にぽかんと座っている

水月観音が呼ばわる――
私の蓮池の蓮の葉が一枚
そなたの千葉衣の中に飛んで行こうとしているぞ

長い夜のうちに、バラは紅に染まった
二体の観音の透明の衣
内には裸体の猫女がくるまっている

原注

*観世音菩薩は衆生の需要に応えるため、自在に三十三種類も身を変えて示現された。水月観音と葉衣観音は三十三種の観音形象のうちの二種である。水月観音は時には如意座姿（片方の足を曲げ、片方の足はおろして

いる）あるいは岩の上で結跏趺坐（けっかふざ、座禅）をしている。如意座姿の時は、片足で蓮の花を踏んでいる。結跏趺坐の時は片足をもう一方の足の上に乗せてあるか、または両方の足を交差させていて、蓮の花は踏んでいない。水月観音の背景は通常、満月と竹林だ。葉衣観音は岩の上で草を敷いて座っており、身には千葉衣をまとっている。

と・すぐに次の

あなたが振り返るとすぐに
次の世紀がもう後ろに立っている
あなたが自分の背中をたたくとすぐに
次のほこりがもうバタッと落ちている
あなたが手を振るとすぐに
次の風がもうあなたの頬にはりついている
あなたが頭を上げて空の雲を見るとすぐに
次の便の飛行機がもうひと筋の虹を残しているばかり

太陽が大地に早朝の鳥の声を送り届けるとすぐに
次のミミズクがもう夜鳴きしながら月の光を抱きしめている

月が円を描き始めるとすぐに
次の下弦の月が黒くなったバラを引っ掛ける準備をしている
バラが大樹の繁茂を賛美するとすぐに
次の葉っぱがひっそりと散っている
秋の葉が風に乗って旅立ち新しい家を探すとすぐに
次の夏の蟬の声が一面の柔らかな泥土の中にある

二人が最後の落日の緑の光を見つめるとすぐに
沈下した海が一晩中熟睡した夜明けをめくりあげている
彼が手で昨夜の不眠を書くとすぐに
次の手紙の便せんが手で涙を拭い去られている

あなたたちの口の端が涙の塩辛さを吸うとすぐに
次に口をあいた時には満面の笑みを浮かべている
私たちが抑えきれなくなって叫ぶとすぐに
次の一連の音符が波に乗って海岸を越えている

私たちが危機に瀕した話題を繰り返し始めるとすぐに
次の字句が滑らかな甘露を躍動させる
あなたがたが海王星はなぜ次第に暗くなっているのかと問うとすぐに
次の光陰が人々の眸に射しこんでいる

彼が彼女の上唇を囲んで抑えるとすぐに
下唇は飛び出した鷹に咥えられ、山の頂を越えている

私たちが明るい宮殿に住むとすぐに

合掌——石仏と老農夫

老いた農夫が木に向かってつぶやいた——
「ここに稲田がある
激しい太陽が人間界の緑の葉を蒸して乾かす
あの家の脇には二台の水車がある
車軸の上に清らかな水が流れている
曲がり角のところに三軒のあずまやを見つける
コオロギが陰に隠れている
さらに遠くに四棟の民家が聳え立っている
屋根の上のチガヤは私といっしょに諸手で合掌
もしもどこかにまだ五つの森を容れる場所があったなら
どの木も倒れることはないはず

私の心に六ムー[1]の良田を作ろう！
願わくはそこには永遠に黒い空がないように
あるいは心で七ムーの福田を耕作しよう
願わくはこの世に二度と足をつまずかせる石がなくなるように」

石仏が湿った隙間から老いた農夫にささやいた──
「私の目の中に一個の石が置かれている
おまえに座ったまま天上の星の光を仰ぎ見させるために
耳の中には十個の石が詰まっている
いつでも欠けたところを丸く飾った月を作るために
頭のてっぺんは百個の石で縁取りされている
互いにこすり合わせて数万匹のホタルを生み出すために
舌の間で、千個の石を嚙んでいる
それで料理をして漂い歩いている霊魂に食べさせるために
それから胸元はあの万という石が抑えている

最後に天上からやってくる激流を堰き止めるために
心の中にはさらに億万という石が置かれている
この世の沈黙(チェンモー)／沈没している湖に向かって投げるために
その後も、私はやっぱり石……。」

訳注
＊1　畝（ほ）。1ムーは六六六七アール。

仏陀よ、あなたの足指に口づけさせてください

仏陀よ、私は大声で叫ぶ
私に直立しているあなたの前まで匍匐させ
あなたの足指に口づけして
求道の最終儀式を全うさせてくださいと
あなたのその裸足で黄土と泥山を越え
石の道と木の桟道を抜けてきた両足は
必ずやある時刻に
温かな唇によって
久遠の疲労を舐め去ってもらうことが必要だ

まさに口づけするその時には

あなたの踝に残っている泥の匂いがするだろう
その慈悲の汗に攪拌され
踏みつけられたバラ園の花の香り
あなたはさらに様々の距離ごとにある籬を自ら乗り越え
踝には時には鮮血まで流れている

まさに口づけするその時には
私の両眼は傷跡の刻まれた両足と
このように天と地の間で接近できるはず
近距離で拡大すると
傷跡は天空の模糊とした星雲のようだ
千万年の間に積み重ねてきた愛に関する無明
付きまといたいという欲望の焦燥

まさに口づけするその時には
私はあなたの傷跡を舐めてあげたいと切に思う

あなたが世の人に成り代わって罪を負った証
私の唇の中の甘い露が
あなたの足の隙間の埃を洗い去る
私は地面に伏して全面の屈服
目の前の巨人は
世の人の悲喜こもごもを身に引き受けた巨大な足をしている

「さあ、私の足指にじかに口づけしておくれ。」
私は模糊とした声を聞いた
それは遠方にいる仏陀の
あなたの肉体を通した
直接の召喚か？

やがてあなたは、横たわり始めた。

仏陀よ、私は今もあなたの残したものを大切にしまっている、指紋の半分を

奇妙なことに　私の花弁の上には今も残っている　あなたの両の手の指の半分ずつの指紋
かすかな感覚　その螺旋状の回路　まるで入れ墨した暗号のよう

仏陀よ　あなたはなぜあのような　平衡な力を用いて
私の肉体の中に　二つの半円を残され
私に一生をかけて　あなたの暗語(アンユー)*1／暗雨を苦聆(クーリン)／苦淋*2させるのか
あなたの視線の愛撫にあまりに気を取られ　すっかり忘れていた　どの指が
私が世人に向かい「不立文字」の豪語(ハオユー)／豪雨を明らかにさせるのか
数世紀以来　わたしはひたすら大切に守って来た　この二つの指紋を
陽の光にさらされ　暴風の時は縮こまり　冷たい雪の中に隠れる

衰微するたびに　愛する人に伝えてきた　この密語（ミーユー）／蜜語＊3を守りつづけるよう

私が再度別の霊魂に生まれ変わった暁には
この絶えまなく変形する螺旋が　私と認め　記憶は甦る
あたかもチベットのラマが　徴兆（ジョンジャオ）／徴召＊4によって　次世代の後継者を見つけ出すように
万一、指紋の螺旋が破壊されたら
虫食い　雷鳴　山崩れ　地震　石裂　津波　火災　雪埋もれ
もしも、徴兆（ジョンジャオ）／徴召が訳も分からないうちに消失したら
星は落ち　月は隠れ　日食　台風　木は折れ　花は散り　天地は乾燥
あるいは、指紋の中に呪語（ジョウユー）／宙宇＊5が隠れており
無明あるいは暗黒が螺旋を盗みとって印をつけようとしているのか　般若波羅蜜曼陀羅
　と？
勇敢にもこれらの幻語（ホワンユー）／幻雨＊6を追い払い　私は宣言する

破綻を懼れず凋落を懼れず　再生を懼れない
尽きせぬ　輪廻伝承の中で
今悟ったのは　仏陀よ　あなたの指跡は　すでに私の歴世の肉体に育っていること

原注

＊「拈花」の典故は早くは『指月録』に現れているそうである――「お釈迦さまが霊山で説法を行った際、花をつまみとって会衆に示した。この時、みな押し黙ってしまったが、ただ魔訶迦葉だけは顔をほころばせて微笑んだ」。仏陀がどちらの手で花を摘んだかは、仏典にはとくに記載されていない。

訳注

＊1　an yu　暗語（隠語、合言葉）／暗雨（闇夜に降る雨）
＊2　kuling kulin　苦聆（ひたすら聞く）／苦淋（ひたすら濡らす）
＊3　mi yu　密語（暗号）／蜜語（甘く心地よいことば）
＊4　zheng zhao　徴兆（徴候、兆し）／徴召（招集）
＊5　zhou yu　呪語（呪文）／宙宇（宇宙）
＊6　huan yu　幻語（幻のことば）／幻雨（幻の雨）

江文瑜年譜

一九六一年
台湾台中に生まれる。
一九七九年
国立台湾大学外国語文学系に入学。
一九八四年
テキサス大学外国語教育修士課程に進学。
一九八七年
デラウェラ大学言語学系博士課程に進学。
一九九一年
国立台湾大学外国語文学系講師に就任。
一九九三年
デラウェラ大学言語学博士の学位を取得。国立台湾大学外国語文学系副教授に昇任。
一九九四年
「台北市女性権益促進会」（女権会）理事長をつとめる（九六年まで）。
一九九五年
『阿媽的故事』（玉山社、女権会企画／江文瑜編）出版。口述記録『消失中的台湾阿媽』（玉山社、曽秋美インタビュー／江文瑜編）出版。
一九九六年
文化評論集『有言有語』（女書）出版。初めての詩を「自由時報副刊」に正式に発表。
一九九八年
詩集『男人的乳頭』（元尊文化）を出版。「女鯨詩社」を創立。女鯨詩社メンバーと『詩在女鯨躍身撃浪時』（書林）を共同出版。『阿母的故事』（玉山社、女権会企画／江文瑜編）出版。
一九九九年
詩集『男人的乳頭』が陳秀喜詩賞受賞。女鯨詩社

メンバーと『詩潭顕影』（書林）を共同出版。

二〇〇〇年

〈阿媽的料理〉シリーズの詩十首が呉濁流文学賞〈詩賞〉受賞。台湾第十八回十大傑出女青年に選ばれる。

二〇〇一年

詩集『阿媽的料理』（女書文化）と伝記文学『山地門之女―台湾第一位女画家陳進和她的女弟子』（聯合文学）出版。女鯨詩社メンバーと『震鯨―九二一大地震二周年記念詩特輯』（書林）を共同出版。

二〇〇八年

国立台湾大学言語学研究所教授に昇任。翌年から国立台湾大学言語学研究所所長をつとめる（一二年まで）。

二〇一〇年

詩画合集『合掌―翁倩玉版画与江文瑜詩歌共舞』（天下文化）（ジュディ・オングとの共著）出版。

二〇一三年

京都大学言語科学講座訪問学者となる。

二〇一六年

詩集『仏陀在猫瞳裏種下玫瑰』（遠景出版）を出版。日本語用学会年会に招かれ講演を行う。江妍との共著論文"Behold, I am Coming Soon! A Study on the Conceptualization of Sexual Orgasm in 27 Languages"がImprobable Researchに入選、フランスのル・モンド紙に報道された。

二〇一七年

詩集『女教授／教獣随手記』（新世紀美学）と短篇小説集『和服肉身』（ＩＮＫ）を出版。小説「和服肉身」は『九歌一〇五年小説選』に収録される。

解説　台湾の女性詩人たち

池上貞子

本書の作者江文瑜については、「日本語版自序」や年譜でかなり詳しく紹介されているので、ここでくりかえす必要はないであろう。陳芳明著『台湾新文学史』（台湾・聯経出版、二〇一一。邦訳：下村作次郎他、東方書店、二〇一五）において、著者は江文瑜のことを「勇敢に女性の身体を表現して、男性による凝視と詮釈を拒んだ」ととらえ、後述するように、一九九八年に彼女が女性だけの詩グループ「女鯨詩社」を立ち上げて同人詩集を出版したことに対し、「女性詩観の確立を意味する」と評価した。そして「もしも江文瑜がこのまま創作を続けて行けば、台湾詩壇に詩の革命が起こるかもしれない」とまで言っている。

こうした陳芳明の評価と台湾現代詩史における江文瑜の位置を理解するために、ここで簡単に台湾現代詩史における女性詩人の系譜をたどってみたい。

まず日本統治期から日本語で創作を始めた世代として、陳秀喜（一九二一～九一）や杜潘芳格（一九二七～二〇一六）がいる。陳秀喜は新竹の生まれで、新竹女子公学校を卒業後、日本語講習所の講師などをつとめた。十代半ばから日本語で詩や短歌や俳句を作りはじめ、三十歳前後になって中国語を学び中国語でも創作を行うようになった。一九六四年に成立した、いわゆる本省人を中心とする「笠」詩社に一九六七年から参加し、七一年から死去まで「笠」詩社の代表の任に当たった。広い意味で母性を象徴する詩人とされ、遺族が基金を設けて、陳秀喜詩賞が創設された。この賞は台湾本土精神とヒューマニズムを備えている詩人を対象として、死去の翌年の一九九二年より二〇〇一年まで、毎年母の日に授与された。彼女の詩は日本では多くの台湾現代詩アンソロジーに収録されているほか、大野芳訳『陳秀喜詩集』(陳秀喜来日記念詩集刊行会、一九七五)が刊行されている。

杜潘芳格は新竹の客家の名門に生まれ、新竹女子中学および台北女子高等学院に学んだ。キリスト教徒で、日本語・中国語ともに詩作がある。第二次世界大戦の終戦前夜から戦後初期にかけて、日本語で自己の内面を赤裸々に綴った少女時代の日記が、日本でも下村作次郎編『フォルモサ少女の日記』(総和社、二〇〇〇)として出版されている。「笠」詩社にも成立の翌年の一九六五年に加入した。八〇年代の一時期アメリカに住み、国籍も取得。その後、台湾に戻り、一九九〇年代には「台湾文芸」雑誌社、そして一九九八年からは江文瑜の提唱した「女鯨詩社」の代表をつとめた。客家語でも詩作を試み、中・日・英語による詩集『遠千湖』(「笠」詩社、一九九〇)は陳秀喜詩賞の第一回の受賞作品となった。

実は、台湾現代詩の流れを見ると、一九五〇年代にいわゆる外省人たちを中心にした「現代詩」（一九五三・二創刊）、「藍星」（一九五四・六創刊）、「創世記」（一九五四・十創刊）などの詩誌が刊行されるが、女性詩人は少なかった。六〇年代に「笠」が創刊されると、上述したように陳秀喜や杜潘芳格など経験豊富な女性詩人が参加して活躍した。後に「女鯨詩社」に参加することになる客家の利玉芳（一九五二〜、屏東生まれ）も一九七八年に参加して詩刊に作品を発表しはじめ、一九八九年に同社より第一詩集『活的滋味』を出版した。七〇年代には香港生まれの張香華（一九三九〜）が「草根」詩刊（一九七五・五創刊）の編集に携わり、一九八〇年に第一詩集『不眠的青青草』（星光出版社）を出版している。

またモンゴル系の席慕蓉（一九四三〜、四川生まれ）はもともと画家で、六〇年代は国外で美術の研鑽を積んでいたが、七〇年に帰国すると、絵画の分野で活躍。やがて絵画とともに詩の創作を行うようになり、八〇年代には清冽で可憐な抒情をたたえた詩風が一世を風靡した。詩集『七里香』（大地出版社、一九八一）などに収められたような人口に膾炙する詩も多く生まれ、詩の大衆化に一役買ったと言われる。張香華や席慕蓉の詩の多くは直接的には社会的な意味の政治性は少ないが、その歩んできた人生に伴う、必然的な政治性を避けてはいない。

このような女性詩人たちの歩みを背景にして、先の陳芳明の評でも言及されているとおり、一九九八年十一月、江文瑜の提案で「女鯨詩社」が設立され、同時に女性詩人八名による江文瑜編集のアンソロジー『詩在女鯨躍身撃浪時』（書林、一九九八）が出版された。初代代表は先に紹介した杜潘芳格で、江文瑜自身も同年、フェミニズム詩集『男人的乳頭』（元尊文化）を出版して気炎をあげた。同書は「性別／情欲／権力の三重の転覆によって、台湾女性詩人の主体的な執筆姿勢を示した」と評される。

江文瑜は『詩在女鯨躍身撃浪時』の序で、女性詩人たちが文学という海域において以下のようであることを求めた――「身を躍らせて浪を撃つこと」、「思いきり大きく息を吹き出すこと」、「水中で楽しく戯れること」、「自分のいる位置を周囲にはっきり知らせること」。参加者の詩作はそのことをかなり意識していたと思われる。

ちなみに同誌に結集したのは、江文瑜、杜潘芳格、利玉芳のほかに、王麗華（一九五四～、台南生まれ）、李元貞（一九四六～、雲南省昆明生まれ）、沈花末（一九五三～、雲林生まれ）、海瑩（本名張瓊文、台中生まれ）、陳玉玲（一九六四～二〇〇四、宜蘭生まれ）、張芳慈（一九六四～、台中生まれ）、劉毓秀（一九五四～、苗栗生まれ）、蕭泰（一九五五～、澎湖生まれ）、顏艾琳（一九六八～、台南生まれ）で、彼女たちは大学の教員や小学校教師など職業や身分も様々である。中でも当時、淡江大学の教員だった李元貞は一九八二年に雑誌『婦女新知』を創刊し、その頃すでに女性運動の中心的存在だった。フェミニズム関係の論述も多く、『女人詩眼』（台北県文化中心、一九九五）などの詩集もあり、江文瑜にとって心強い存在であったにちがいない。現在はほとんど文筆活動を行っておらず、また他のメンバーも、江文瑜、杜潘芳格、利玉芳、顏艾琳以外は詩作から遠ざかっているようである。

江文瑜自身の詩作は九〇年代末を出発点としているが、その背景には八〇年代以降、より多様になった台湾現代文学シーンでの同世代の女性作家たちの活躍がある。その代表格、夏宇（一九五六～）は多才で、詩そのものだけでなく、詩集製作も自身で行い、しばしば意表を突いた詩集を出版、台湾と国外半々の生活をしている。陳育虹（一九五二～）は十余年にわたるカナダ滞在の後、現在は台湾に戻り、今世紀に入りブレークした、キャロル・アン・ダフィーやマーガレット・アトウッドなど欧米女性詩の翻訳にも力を入れている。さらに若い世代として清華大学教員の楊佳嫻（一九七八～）がいる。その詩風は古典と尖鋭の結合だと評され、ネット詩などにもかかわっている。彼女たちはそれぞれのスタンスで詩作を継続しており、こうした中で江文瑜はフェミニズムと学究生活とを織り込んだ、独自の詩世界を打ち立てている。

台湾大学教授としての江文瑜の専門は、音韻学、隠喩研究、言語社会学である。学術研究と教育および創作は、彼女の人生の中で排斥と牽引をくり返しながら、結局は平和的共存の形を見出してバランスを保っているようだ。詩集は、これまで『男人的乳頭』、『阿媽的料理』（女書文化、二〇〇一）、『合掌』（翁倩玉〔ジュディ・オング〕版画、天下文化、二〇一〇）を上梓しており、久しぶりに出した第四詩集がこの『仏陀在猫瞳裡種下玫瑰（仏陀は猫の瞳にバラを植える）』（遠景出版、二〇一六）である。なお、その後『女教授／教獣随手記』（新世紀美学、二〇一七）も出版している。

本詩集について、台湾での読まれ方を大雑把にまとめると、以下のようになる――これは作者が人生の中盤に立って過去の回顧と未来の展望を歌ったものである。台湾では珍しい大型組詩の形をとっており、「仏陀」と「猫」と「バラ」の三つのテーマを順繰りに関連づけ、「猫」の異なる生命の段階を通して、人生におけるさまざまの生活経験や課題、さらに心と宗教との対話について、演繹と比喩を行っている――

ところで、江文瑜は詩や詩人というものについてこう述べる。

「人類は年齢にかかわりなく、つねに詩心を内在させており、それがいつ触発を受けるかによる。この世界で詩を読む人間がどんなに少なくなったとしても、私は詩人でいたい。詩の言語は文学最高の鍛錬であり、すぐれた詩句は深い哲学的思考やある種の興味深い概念を上手に伝え、常人とは異なる新鮮な角度からの世界観を提供することができる。これは人類の魂が高いレベルにある時に初めて可能になる視点である。私は、詩人とは世の中に対してこのような役割を担うべき人だと考えている」

つまり詩を書くことを通じて、彼女は魂／心を鍛錬する方法や世界を異なる角度から窺い見ることを模索している。そのため大学教授としても、できるだけ学生を象牙の塔から外に出させ、社会に対して啓発的な論文を書くことなどを指導しているということだ。

さらに二〇〇五年頃からは「比喩」の研究を開始し、従来、詩や小説などの文学のものだった「比喩」を、西洋で言われているように、「人類の思惟の重要な本質の一つ」と位置づけ、教育現場では画像、映像などとの越境的な感性教育を行っている。

これらのことからすると、本詩集は彼女の詩作に本来的なフェミニズム的意義と言語学研究上の意義が越境し合っている作品だと言えそうだ。作品の中には同音異義の言葉があふれている。彼女は軽快なリズム、ポップな感覚の言葉遊びを通して、言葉にまつわるウェットな情緒を無理なく振りはらっており、その冷徹さと技量が感じられる。異なるイメージの連鎖、饒舌に見えて節制された語り口、時折セクシャルなイメージを混在させながらも、全体的に「light」（軽妙）な印象が漂う。それは作者が「猫」の形象を借りて、「モノ」や「コト」を雅俗にかかわらず等価にし、既存の意味を軽量化しているためだろう。閉塞感のある時代と社会にあって、こうした「light」な感覚は、鬱屈した気分を解き放すために一定の力を持つものであることは確かだ。

こうした理論と実作の結合した本詩集は、猫および人間／女性の生を時の流れとオーバーラップさせており、少なからず作者の人生の、その時々の思念と生き様を表象していると思われる。冒頭に紹介した陳芳明の期待に応えているのだろうか？　最後に、文中で言及した日本語訳のほかに、紹介した詩人たちの、日本で単行本として翻訳出版されている詩集をあげておく。

・張香華、今辻和典訳『愛する人は火焼島に』（書肆青樹社、一九九九）
（著者の夫は『醜い中国人』で有名な論客の柏楊）
・席慕蓉、池上貞子訳『契丹のバラ』（思潮社、二〇〇九）
・陳育虹、佐藤普美子訳『あなたに告げた』（思潮社、二〇一一）
・夏宇、池上貞子訳『時間は水銀のごとく地に落ちる』（思潮社、二〇一四）
・利玉芳、池上貞子訳『利玉芳詩選』（未知谷、二〇一八）

訳者あとがき

本書は、江文瑜『佛陀在貓瞳裡種下玫瑰』（遠景出版、二〇一六）の全編（「日本語版自序」を除く）を翻訳したものである。江文瑜にとって初めての日本語訳であるため、代表作を選び出して彼女の詩作の概要を理解できるようなアンソロジーを編むという考え方もありえたが、自ら構築した一つの世界をそのまま日本の読者に届けたいという、作者の強い希望を尊重した。

翻訳に際しては、前半のⅠ・Ⅱを佐藤普美子が、後半のⅢ・Ⅳを池上貞子が翻訳し、最後にふたりで全体の調整を行った。詩集で用いられている言葉は概して平易、語法も一般的で、読者にはとっつきやすい大型組詩になっており、その意味では「最後まで読ませる」詩集として工夫がなされている。しかしながら、同音異義の言葉の多用はいかんせん訳者泣かせであった。

また、原著は横書きで、各作品の文字配列が中央揃えになっていて躍動感の感じられるものであったが、日本語版にそのまま反映させるには様々な困難が伴うため、本訳書は作者との相談の結果、縦組みにした。原作のもつ妙味をどの程度日本語に移せたのか、不安ではあるが、読者の感想にゆだねるしかない。

本書の出版は、従来から思潮社の台湾現代詩人シリーズを手掛けてきた三木直大広島大学名誉教授のご提言に沿うもので、氏のご尽力に心より感謝申し上げる。そして断続的になった作業を支え続けてくださった編集担当の遠藤みどり氏には、連帯と深い感謝の意を捧げたい。

二〇二〇年九月三十日

訳者

江文瑜（こう・ぶんゆ、Chiang, Wen-yu）

1961年、台湾台中市生まれ。台湾大学言語学研究所教授。台湾大学外国語文学系卒業後、アメリカのデラウェラ大学にて言語学博士の学位を取得。1991年から台湾大学外国語文学系、同大学言語学研究所で教鞭を執る。最初の詩集『男の乳首』（1998）により、それまで男性言説に支配されていた〈乳房〉をジェンダーの視点から解放したフェミニズム詩人として注目された。同年、女性詩人だけの「女鯨詩社」を設立。1999年、『男の乳首』は陳秀喜詩賞を受賞。2000年、台湾女性史と飲食詩を融合させた〈阿媽の料理〉シリーズ詩十首は呉濁流文学賞新詩賞を受賞。翌年、第二詩集『阿媽の料理』を出版した。本詩集『仏陀は猫の瞳にバラを植える』（2016）では言語学者としての本領を発揮し、ウィットと実験性に富んだ新たな境地を切り拓いている。

池上貞子（いけがみ・さだこ）

1947年埼玉県生まれ。跡見学園女子大学名誉教授。著書に『張愛玲――愛と生と文学』（東方書店、2011）。主な訳書に、張愛玲『傾城の恋』（平凡社、1996）、朱天文『荒人手記』（国書刊行会、2006）、齊邦媛『巨流河』（共訳、作品社、2011）、台湾現代詩シリーズ（思潮社）など。詩集に『もうひとつの時の流れのなかで』（思潮社、2018）他３冊がある。

佐藤普美子（さとう・ふみこ）

駒澤大学総合教育研究部教授。著書に『彼此往来の詩学―馮至と中国現代詩学』（汲古書院、2011）。翻訳に訳詩集『陳育虹詩集――あなたに告げた』（思潮社、2011）、「周瓚〈反肖像〉他四首」（『灯火2018』外文出版社、2019）等がある。

仏陀は猫の瞳にバラを植える

著者
江文瑜

訳者
池上貞子、佐藤普美子

発行者
小田久郎

発行所
株式会社思潮社

〒一六二―〇八四二　東京都新宿区市谷砂土原町三―十五
電話〇三（五八〇五）七五〇一（営業）
〇三（三二六七）八一四一（編集）

印刷・製本
三報社印刷株式会社

発行日
二〇二一年一月十五日